寝ても覚めても恋の罠!?

プロローグ　今になって思うこと

――十代までの私は、お人形みたいなお嬢様だった。

花宮鈴香《はなみやすずか》は、自分の過去をそう思い返す。

明治時代創業の大手製造機器メーカーであるハナミヤ産業。その創業家の一人娘として生まれた鈴香は、衣食住はもちろん休日の過ごし方や進路まで、彼女の幸せを願う両親に決められていた。

鈴香の許嫁《いいなずけ》だった伊ノ瀬雅洸《いのせまさひろ》も、そんな両親が彼女のために用意した幸せへの布石《ふせき》の一つだった。

普通に考えれば、進路も結婚も全て親任せなんておかしな話なのだろう。

だが幸せを与えてもらうことに慣れていた鈴香は、漠然《ばくぜん》とした不安を感じても、その理由をちゃんと理解できずにいた。

そして、鈴香の十代最後の夏。彼女の父が経営するハナミヤ産業が倒産した時、それがどれだけ危険なことだったか思い知った。

それから五年が経過し、誰かに依存することなく自立した生活を送れるようになった今、あの頃の自分がどれだけ空《から》っぽでなんの魅力もない人間だったかがわかる。

――そんな私と結婚しても、雅洸さんは幸せになれなかったと思う。

もちろん鈴香だって、愛のない結婚なんてごめんだ。

そう思ったからこそ、雅洸との婚約解消を決意した。

決意した……はずなのに、なんでこんなことになっているのか、鈴香には理解できずにいる。

——雅洸さん、私との結婚に、そんなにムキにならなくてもいいと思うんですけど……

生まれも育ちも申し分のない彼が、鈴香との結婚にこだわる意味が分からないまま、今日も彼からのアプローチに振り回されるのだった。

1　あの日

あれは、鈴香が短大二年生だった、ある夏の日。海外赴任から一時帰国した雅洸が彼女を連れていったのは、郊外にあるイタリアンレストランだった。

夏休み中のせいか、昼下がりの店内には若者が多く、たわいないお喋《しゃべ》りで賑《にぎ》わっている。

そんな店内を見回した鈴香は、ウエイターに料理と飲み物を注文する雅洸へと視線を向けた。

切れ長の目で奥二重《おくぶたえ》の雅洸は、鼻梁《びりょう》が高く彫りの深い顔立ちをしている。きりりとしたまっすぐな眉と、真一文字に結ばれた薄い唇が、自信家で意志が強い彼の内面を物語っているようだ。

顔立ちは整っているが、世間一般で言うイケメンのくくりに入れるには個性が強い。雅洸は、オリジナルの美しさにあふれている。

そんな彼とは、鈴香が幼稚園の頃、両家の親同士が婚約を決めてからの付き合いだ。

六つ年上の雅洸は社会人として忙しく働いているので、年に数回、たまの休みに合わせてデートするのがここ数年の二人の習慣になっている。

向かいに座る雅洸と、ふと視線が合った。

「可愛くしているね」

そう言って、雅洸が爽《さわ》やかに微笑んだ。

今日の鈴香は髪をアップにし、白地に淡いブルーの小花があしらわれたワンピースを着ている。

雅洸に釣り合うよう、大人びた雰囲気にしてほしいと、プロのヘアメイクを頼んだのだ。

それなのに雅洸は、鈴香のアップヘアに視線を向け、「でも髪型はまだまだ子供だ」と、付け加えた。

——そうやってすぐ子供扱いするんだからっ!

そんな不満が顔に出てしまっていたのか、雅洸が「拗《す》ねてる?」と、からかうように聞いてくる。

「え?」

「俺が大事な婚約者様を、いつもほったらかしにしてるから」

「それは仕方ないです。雅洸さんは、学生の私と違って忙しいから」

雅洸は、日本を代表する電機メーカーINSの創業者一族の御曹司《おんぞうし》で、将来重職につくことが約束されている。父親はINSの系列会社の社長を務めているが、雅洸自身はINS本社に籍を置き、今はアメリカ支社に赴任中だ。

本社の副社長は雅洸の伯父にあたる伊ノ瀬豊寿《とよひさ》が務めており、いずれは社長になると噂《うわさ》されている。彼には子供がおらず、雅洸を実の息子のように可愛がっていた。もし豊寿が社長になれば、将来的には雅洸がＩＮＳの社長に就任する可能性も高い。

そんな背景もあり、仕事に忙殺《ぼうさつ》されている雅洸。彼が遊んでくれないからといって、鈴香が拗《す》ねたりワガママを言ったりしていいわけがない。

「子供の頃みたいにしょっちゅう遊んであげられなくて、悪いとは思っているよ。学生の夏休みは長いから、退屈だろ？」

「しょっちゅう遊んだって……、いつの話をしてるんですか」

確かに子供の頃は、頻繁《ひんぱん》に互いの家を行き来していた。夏休みなどの長期休暇には、どちらかが相手の別荘に泊まりがけで遊びに行くこともしばしばあった。でも、それも雅洸が小学校を卒業するまでのことであり、十年以上前の話だ。

「ごめん。さすがに鈴香も、そこまで子供じゃないよな」

そう笑って、雅洸は運ばれてきた水を口に運ぶ。

「……」

鈴香も、自分の前に置かれたグラスに口を付けた。

もうじき二十歳になるのだから、いつまでも子供扱いしないでほしい。

鈴香としてはそれなりに成長したつもりなのだが、雅洸はいまだに幼い妹の遊び相手でもするかのような態度で接してくる。

その穏やかで優しすぎる扱い方が、鈴香としては面白くない。

——こんな距離感のまま、結婚して大丈夫かな？

このままでは、保護者が父親から雅洸に変わるだけで、自分は一生子供扱いされて生きていくのではないかと不安になる。鈴香としては、結婚するのであれば対等な大人として扱ってほしかった。

でもその不満をぶつけたとしても、雅洸のことだ。優しい言葉で鈴香を煙《けむ》に巻くだけで、本気で取り合ってはくれない気がする。

それどころか、そんなことを本気で訴えたりしたら、今以上に子供扱いされかねない。

だから鈴香は、微《かす》かにライムの味がする水と一緒に、自分の不満を呑み込んだ。

——私がもう少し大人になれば、雅洸さんの態度もきっと変わるよね……

だとしたら結婚まで、もう少し時間が欲しい。

そう考えると、雅洸のアメリカ赴任も悪くない。雅洸は多忙だから、明日アメリカに戻ったら、今度はいつ会えるかわからない。

——その間に、大人の女性に成長して……

なにをどうすれば大人になれるのかはわからないが、そんなことを考えてほくそ笑んでいると、雅洸が不思議そうな顔をした。

「どうした？」

「なっ、なんでもありません。アメリカにいるときもちゃんとメールを送ってくれるでしょう？私はそれだけで嬉しいですよ」

多少の気恥ずかしさを隠しつつ、そう返す。

雅洸がアメリカから定期的に送ってくれるメールには、彼の近況が書かれているだけでなく、その時々に雅洸が気になっているものの写真がよく添えられていた。海外での雅洸の日常を垣間見《かいまみ》ることが出来るその写真を、鈴香は楽しみにしている。

「そう言ってもらえると助かるよ。……鈴香は、いい奥さんになってくれそうだ」

からかうように笑う雅洸に、鈴香は思わず問い掛ける。

「雅洸さんは、私との結婚に不満はないんですか？」

二人は、鈴香の短大卒業後に結婚する予定となっている。鈴香の年齢を考えれば少し早い気もするが、二人の婚約の立役者《たてやくしゃ》である伊ノ瀬豊寿の意見が強く影響しているらしい。

ただし二十一世紀のこの時代、結婚するもしないも本人たちの自由だ。だから二人の結婚話は、「鈴香が大人になったときに、双方に異存がなかったら……」という条件付きで進められているのだ。今ならまだ婚約を解消することができる。

「不満？」

驚いた様子で片眉をつり上げた雅洸は、すぐにクシャリと表情を崩して微笑んだ。

「俺が鈴香に不満なんて持つわけないだろ。ハナミヤ産業の社長令嬢で育ちも容姿もいいし、性格は素直でおしとやか……そんな鈴香のどこに不満を持てって言うんだ？」

「そう……ですか。……それなら、よかったです」

雅洸の言葉に胸の奥がざらつくのを感じつつ、鈴香は話題を変える。

「ところで、仕事は順調ですか？」

「誰に聞いてる？」

雅洸の口元には、不敵な笑みが浮かんでいる。

「愚問《ぐもん》でしたね」

鈴香が肩をすくめた。

雅洸の有能さは、ハナミヤ産業の社長である鈴香の父親――博茂《ひろしげ》からも聞かされている。我《が》が強くて諦めが悪い。それだけならただの頑固者だが、雅洸には商才がある。一度益《えき》があると判断した商談は、周囲が難色を示しても強引に押し進めて、必ず結果を出しているそうだ。

雅洸の仕事ぶりを高く評価している博茂は、二人の結婚後は雅洸に自社の経営権を譲《ゆず》りたいくらいだと話していた。

もちろん鈴香のほうが彼の家に嫁ぐのだし、雅洸にはINSの仕事があるので、それは無理な話だと博茂も承知している。それでもそう思わずにはいられないほど、雅洸は経営者としての才覚にあふれているのだろう。

結婚後には、博茂が雅洸に意見を求めたり相談に乗ってもらったりするかもしれない。父の気苦労が少しでも減るのであれば、それは鈴香としても嬉しいことだ。詳しいことはわからないが、最近の博茂は仕事で大きな悩みを抱えているようだから。

鈴香がそんなことを思っていると、雅洸の注文した料理が運ばれてきた。

「鈴香の舌に合うといいんだけど」

そう話す雅洸だが、彼が連れていってくれるお店の料理が、鈴香の舌に合わなかったことなど一度もない。

「雅洸さんの選ぶお店は、いつもとっても美味《おい》しいですよ」

「本当はここ、夜のほうが、酒に合う料理が多くて好きなんだけど」

雅洸の何気ない言葉に、鈴香は小さく首をかしげた。

「どうかした？」

「雅洸さん、前にもこのお店に来たことあるんですか？」

「ああ」

「そのときは、お酒を呑んだんですか？　雅洸さんがお酒を呑んでいるところを、私は見たことないですけど……」

「大人だから、仕事の付き合いや、それ以外でも、酒を呑むことぐらいあるよ。……だけど、未成年の鈴香を連れて歩くときに、酒を呑むわけにはいかないだろ」

お酒だけじゃない。タバコも吸っているはずだ。鈴香の前で吸ったことはないが、デオドラントでは隠しきれない微《かす》かな匂いに、雅洸との隔《へだ》たりを感じてしまう。

「なんか差別」

彼には自分の知らない大人の顔がある。それが不満で眉を寄せる鈴香に、雅洸が困り顔をした。

「差別って……。鈴香が大人になるのを待っているだけだよ」

そう返すと、雅洸が食事を始めたので、鈴香も仕方なく料理を口に運ぶ。

内心面白くない。そう顔に書いてある鈴香に、雅洸がまた「拗《す》ねてる？」と聞いてくる。

——拗《す》ねてるって……

その表現の仕方自体、鈴香のことを子供扱いしている証拠だ。

こうなってくると、もう雅洸の言動全てが癇《かん》に障る。

ムスッと黙り込んで食事をする鈴香に、雅洸がやれやれと苦笑いをする。でもそれ以上鈴香の機嫌を取ろうとすることなく、彼も食事を続けた。


食事を終えて店を出ると、雅洸は鈴香を乗せて無言のまま車を走らせた。

——子供扱いされるより、沈黙のほうが辛い。

郊外から都内へと戻る途中で、鈴香が口を開く。

「雅洸さん」

沈黙が続くと鈴香が先に話しかけるのは、子供の頃から決まっている。雅洸もそのことを承知しているから、無理して自分のほうから話しかけたりはしない。

「ん？」

鈴香に名前を呼ばれた彼は、さっきのことを気にする様子もなく普通に返事をした。

良くも悪くも子供の頃から付き合いのある雅洸には、下手な感情の駆け引きなど通用しない。

鈴香も普段と変わらない口調で問いかけた。

「これから、どこ行くの？」

デートのコースを決めるはいつも雅洸なので、鈴香にはどこに向かっているのかわからない。そんな鈴香に雅洸は「映画を観よう」と答え、そのまま車を走らせた。

雅洸が案内してくれた施設は、鈴香が普段利用する映画館よりシアタールームが狭く、六十席程度しかない。ただし、そのぶん一つ一つの座席が広くゆったりしている。

本来は公開前の映画の上映などに使われる試写室という施設らしい。個人でも予約出来るのだと、雅洸が教えてくれた。

「なんの映画を観るんですか？」

スタッフに誘導され席に着いたあと、鈴香が雅洸に尋ねる。

すると雅洸は、少し前に話題になった映画のタイトルを口にした。

それは童話をもとにした恋愛ファンタジーで、鈴香が上映期間を勘違いして見逃してしまったと、雅洸にメールしたものだった。

「その映画、もう上映終わってますよ」

ちゃんとメールを読んでくれていない。そうむくれかける鈴香に、雅洸は「問題ない」と答える。

彼曰《いわ》く、それなりの権力と交渉術を用いれば、上映期間が過ぎ、ＤＶＤの発売が開始されていない作品を上映出来るのだという。

「でも、雅洸さんが楽しめる内容じゃないかも」

映画が観られることを嬉しく思う反面、そう心配する鈴香だが、雅洸は首を横に振る。

「俺も、その映画のＣＧ技術が気になってたから」

どこまで本音かわからないけれど、そう言ってもらえると、鈴香の気が楽になる。自分の趣味に雅洸を付き合わせているのではないと思えるからだ。

「なら、よかったです」

ホッとした表情を見せる鈴香に、雅洸は「俺も、鈴香姫のご機嫌が直ってよかったよ」と返してくる。

――またそうやって、すぐに子供扱いする。

それが年齢差のせいなのか、相手が雅洸だからなのかはわからないが、鈴香が拗《す》ねても怒っても、気付けばいつも彼のペースに乗せられている。

そして子供扱いしながらも、雅洸はさりげなく鈴香を喜ばせてくれるのだ。

でもそれは、彼が一般女性の喜ぶツボというものを熟知しているから出来ることのような気もする。

「そんなことより、映画を楽しもう」と、雅洸が軽く右手を上げる。

その手の動きを合図に、館内の照明が落ちていった。

束の間の暗闇が訪れ、すぐにスクリーンが明るくなる。荘厳《そうごん》なオーケストラの演奏と共に映画の幕が上がった。

「わぁ……っ！」

鈴香は思わず感嘆《かんたん》の声を漏らした。

子供の頃から知っている童話がベースなので、話の展開はわかっている。それでも映像の美しさや迫力に魅せられて、物語に引き込まれていく。

夢中になって映画に見入っていた鈴香は、ふと気になって隣の雅洸へと視線を向ける。

すると、スクリーンではなく鈴香を見つめる雅洸と目が合った。

暗闇の中、スクリーンの明かりに照らされる雅洸の顔に、どこか野性的な荒々しさを感じた。鈴香には、彼が怒っているようにも見える。

——楽しんでるのは、私だけ？

さっきはＣＧ技術が気になると言っていたけれど、雅洸のような大人の男性がこんな予定調和のラブストーリーを観ても、やっぱり楽しくないのだろう。

そのことに気付かず、一人で映画を楽しんでいた自分の幼さが気まずい。

「ごめんなさい」

小声で謝る鈴香に、雅洸は「なにが？」と問いかけてくる。

「私だけ楽しんでいるみたいだから」

それを聞いた雅洸が、思い出したようにスクリーンに目を向けた。

「俺も、それなりに楽しんでいるよ」

そう小声で返されて、鈴香は疑わしげに雅洸を見た。そんな鈴香の頬《ほお》に、雅洸の手が触れる。そしてそのまま、雅洸のほうに顔を引き寄せられた。

「——っ！」

雅洸の顔の近さに戸惑う鈴香。その唇に、雅洸の唇が触れる。

突然のことに思考が停止してしまった鈴香は、雅洸の唇が離れてからようやく、自分がキスされたことを理解した。

「えっ……あの……えっと……」

雅洸とは子供の頃からの付き合いだけれど、今までこういうことをしたことはなかった。

だからどう反応すればいいのかわからない。

恥ずかしさにうつむく鈴香の顎《あご》を捕らえて、雅洸が強引に視線を合わせる。

「鈴香、大人になったな。今日久しぶりに会って、綺麗になっていたから驚いたよ」

自分を見据える雅洸の眼差しが、鈴香を不安にさせる。鈴香は雅洸の手から逃れて、顔を伏せた。

「……嘘吐《つ》き。すぐに私のこと子供扱いするくせに」

「なんのことだ？」

「色々……。例えば、髪型のこととか……」

その言葉に、雅洸が「ああ……」と困った顔をして、鈴香の頭を撫《な》でた。そして鈴香の耳元に唇を寄せ、低い声でささやく。

「もし大人扱いしてほしいなら、こんな髪型してきちゃ駄目だ」

意味がわからない。首をかしげる鈴香の耳たぶに、雅洸の唇が触れる。

耳たぶの弾力を楽しむように甘噛みされ、鈴香の全身を甘い痺《しび》れが駆け巡った。

ゾクゾクしてしまい、鈴香は背中をわずかに反らす。その反応を見て妖艶《ようえん》な笑みを浮かべた雅洸が、「考えてごらん」と鈴香に問いかける。

「こんなに綺麗に整えた髪を乱したら、どんな淫《みだ》らなことをしてきたのか、君のご両親にバレてしまうだろ？」

「……」

一瞬遅れて言葉の意味を理解し、鈴香の頬《ほお》が熱くなる。暗い場所だし顔色などわかるはずがないと思いつつも、鈴香は雅洸の視線から逃れるように、彼の首筋に顔を埋《うず》めた。

微《かす》かなタバコの香りが混じった雅洸の匂いに、心臓が大きく跳ねる。

――この心臓の音、雅洸さんにも聞こえているのかな？

自分でもうるさく感じる鼓動の高まりを、雅洸に悟られるのは恥ずかしい。そう思った鈴香が体を離そうとすると、雅洸が腰に腕を回して止める。

「大人のデート、したいか？」

どう答えればいいかわからない。

黙り込む鈴香の顎《あご》を雅洸の手が捕らえ、ふたたびキスをしてきた。

さっきよりも強く押し付けられた唇の隙間《すきま》から、生温かい舌が入り込んでくる。口内でぬるりと動く未知の感触に驚き、鈴香は体をうしろに引こうとした。

けれど雅洸の腕が腰に回されているので、距離を作ることが出来ない。

ゆっくりとした雅洸の舌の動きに、鈴香は肌が粟立《あわだ》つのを感じた。

雅洸は、鈴香の口を強引に開かせ、さらに奥へと舌を侵入させてくる。

自分の舌に彼の舌が触れる。その感覚に、鈴香はビクリと肩を震わせた。

「感じる？」

一瞬唇を離した雅洸が、からかうように聞いてくる。

そして鈴香の返事を待つことなく、ふたたびその唇を塞《ふさ》いだ。

「ん……ぁ………くぅっ………はぁぁっ」

鈴香が苦しげに息を漏らすと、雅洸は顎《あご》を捕らえていた手を下へと移動させていく。

雅洸の大きな手が、ワンピースの上から鈴香の胸の膨《ふく》らみに触れた。

それだけでも、男女のことに不慣れな鈴香には十分すぎるくらい強い刺激だった。それなのに、雅洸はさらなる刺激を与えてくる。

「あっ……やぁっ」

強弱をつけて胸を揉みしだかれ、体の奥に熱が生まれた。

恥ずかしそうに体をくねらせる鈴香の耳元で、雅洸がささやく。

「大丈夫。最後まではしないから」

小さな子供をあやすような優しい言い方だったが、鈴香は緊張して体を硬くする。

「さっ…………最後まで…………じゃないなら、どこまでするの？」

掠れた声で問いかけると、雅洸が小さく笑う。

「教えてあげるから、じっとしてて」

雅洸はふたたび鈴香に口付けると、胸を弄《もてあそ》んでいた手をさらに下へと移動させた。

「……ふぅっ」

鈴香の腰を優しく撫《な》でていた雅洸の手が、スカートの裾《すそ》をめくって膝《ひざ》に触れる。

鈴香は慌ててその手を掴んだ。鈴香の小さな抵抗を笑った雅洸は、彼女の耳元に唇を寄せた。

「おとなしくしてないと、スタッフが不審に思って様子を見に来るかもよ」

「――っ！」

彼の言葉に、鈴香は体を硬直させる。

今は鈴香と雅洸の二人きりだけれど、さっき雅洸の合図で上映がスタートしたことを考えると、従業員がどこかにスタンバイしているのかもしれない。

そう思うと、下手な抵抗を示すことも出来なくなる。

鈴香の手から力が抜けると、雅洸は悪戯《いたずら》が成功した子供のように笑った。

「施設の人に見られたら恥ずかしいから、やめてください」

声を押し殺して抗議する間も、自分の鼓動が気になる。まるで鼓膜《こまく》のすぐそばに心臓があるんじゃないかと疑いたくなるような激しさだ。

雅洸は「それは困った」と唸《うな》るけれど、少しも困った様子はなく、鈴香の体を解放してくれる気配もない。

それどころか、また耳たぶを甘噛みしてくる。

「ふぁ……っ。耳は駄目ッ」

鈴香が小さな悲鳴を上げると、雅洸はその反応を楽しむように舌で耳の中を撫《な》でた。

そして唾液で湿った耳にささやきかける。

「言っとくけど、結婚したらもっと恥ずかしことを鈴香にするよ」

「――っ！」

生温かい舌がクチュクチュと蠢《うごめ》く音と、低いささやき声に、鈴香の体が熱く痺《しび》れた。

足を撫《な》でられ、耳を舐められただけでもこんなに恥ずかしいのに、「もっと恥ずかしいこと」と言われても困る。

セックスに関する知識がないわけではない。でも、あくまでも年相応の知識があるだけであって、いざその行為を求められると、思考が停止してしまう。

雅洸のほうは、そんな鈴香の反応も含めて楽しんでいるらしく、さらなる緊張を誘うようにワンピースの上から膝《ひざ》を撫《な》でてくる。

「だからこれは練習だ。……さあ、体の力を抜いて」

「……でも……っぁあっ…………触っちゃヤダッ」

「静かに」

そう窘《たしな》めた雅洸の手が、スカートの奥へと入り込んでくる。

今は暑い季節でストッキングを穿《は》いていないので、雅洸の手が直《じか》に鈴香の下着に触れた。

薄い下着の上から足の付け根を撫《な》でられる。鈴香はビクリと体を跳ねさせて「んっ」と喉《のど》を鳴らした。

それでも辛《かろ》うじて声をこらえた鈴香を、雅洸は「いい子だ」と低い声で褒《ほ》める。

「……やぁっ…………駄目ッ」

自分でもまともに触れたことのない場所。そこに布越しとはいえ雅洸の指が触れている。

それだけで頭がどうにかなってしまいそうなのに、雅洸は指先を妖《あや》しく上下に動かしてくる。

「――っ」

未知の刺激に、鈴香は思わず背中を仰《の》け反《ぞ》らせた。

強く押さえ付けられているわけでもないのに、花芯がキリキリと引き絞られるように痛い。その痛みと共に、鈴香の体の奥が妙に疼《うず》いた。

それを見透《みす》かしているのか、雅洸は触れるか触れないかの微妙なところで焦《じ》れったく指を動かしている。

「んんっ……！」

雅洸に心臓の音を聞かれるのではないかと、恥ずかしがっている余裕はもうない。鈴香はこの切ない熱の逃がし場所を求めて雅洸の背中に手を回し、彼の首筋に強く顔を押し付けた。

「そうやって、素直に感じていればいいよ」

そうささやき、雅洸は長い人差し指を下着の中へと忍び込ませてくる。

彼の指がヌルリとした感触と一緒に薄い茂みをかき分け、鈴香の肉襞《にくひだ》に触れた。

「――――っ！」

戸惑う鈴香をよそに、雅洸はゆっくりと指を動かす。

「嫌がっているわりには、もう濡れているよ」

「…………」

認めがたい事実を突き付けられ、鈴香は息を呑んだ。

自分の中からなにか熱いものがあふれてくるのは感じていたが、それを雅洸に指摘されると、とたんに羞恥心《しゅうちしん》に襲われる。

「別に恥ずかしがることじゃないよ。鈴香が、俺を欲しがっている証拠なんだから」

雅洸はそう言って、彼女の肉襞《にくひだ》に浅く指を入れた。

「やぁっ」

不意に与えられた刺激に思わず悲鳴を上げると、雅洸が「心配しなくても大丈夫だよ」と笑う。

「鈴香とは結婚するんだから、焦ってこんな場所で最後まで奪ったりしない」

「う……」

奪うという言葉で、この行為の主導権がどちらにあるのかを思い知らされる。

緊張と羞恥《しゅうち》で硬直した鈴香の頬《ほお》に、雅洸の唇が触れ、そして静かに離れた。

それに合わせて、雅洸の指も鈴香の秘部から離れる。

「続きは、また今度」

解放されてもなお、体には愛撫《あいぶ》の余韻《よいん》が強烈に残っている。鈴香は赤面したまま黙り込んだ。

雅洸は「嫌なら、結婚してからでいいよ」と笑った。

その行為が嫌なわけではない。結婚すれば、当然のようにすることだとも思う。

けれど、その結婚相手が雅洸でいいのか――自分の歩むべき道がこれで合っているのか自信がない。そんな鈴香に、雅洸が宣言する。

「鈴香が短大を卒業して、俺も今の仕事が落ち着いたら、結婚するから」

「えっ……」

結婚しようではなく、結婚すると断言されて、体の熱が一気に冷めていく。

小説やドラマでは、男性が女性に――ときどきはその逆もあるけど――「結婚してください」といった感じで申し込むのが普通だ。それなのに、雅洸は鈴香の意思を確かめようともしなかった。

それはあくまでも恋愛結婚の話で、自分たちのような許嫁《いいなずけ》の間には必要ないのかもしれないが……

ふとスクリーンへ視線を向けると、映画のヒロインが王子様と愛の言葉を交わしていた。

永遠の愛を誓う王子様に、ヒロインが眩《まぶ》しいほどの笑顔を見せている。

「……」

花が咲き誇るようなその表情が、鈴香の心に影を落とした。

隣では雅洸が、何事もなかったかのようにスクリーンを眺めている。

なにを考えているのか読み取れないその横顔と、スクリーンを見比べて、鈴香はそっと溜息を吐《つ》いた。

――雅洸さんって私との結婚に、なにを求めているのかな？

さっきの行為は、雅洸なりの愛情表現なのだろうか。

だとしたら鈴香も、スクリーンの中のヒロインのように、雅洸の結婚宣言を喜ぶべきだったのかもしれない。

――でも……

なぜだか素直に喜ぶことが出来ない。鈴香は落ち着かない心のまま、雅洸の隣で映画を眺めた。

試写室を出ると、空調がきいた施設内と外の気温差に、くらりと目眩《めまい》がした。

それに、さっきの雅洸の言葉が妙に心にひっかかっていて、もやもやが消えない。

駐車場に向かう雅洸のうしろを無言で歩いていると、彼が不意に足を止めた。

不思議に思って顔をのぞき込んだとき、なにかを見上げていた雅洸の唇が「嘘だろ」と動く。

その視線を追うと、大きな街頭モニターが見えた。

「嘘っ！」

モニターを見上げた鈴香も、息を呑んで硬直した。

無音で流れる情報番組のテロップには『ハナミヤ産業　会社更生法適用へ』とある。

カイシャコウセイホウテキヨウ――

よく知っている会社名の後に、不吉な言葉が続いていた。会社更正法ということは、すなわち会社の経営が立ち行かなくなっているということだ。

すぐさまどこかに電話をかけた雅洸の口から、「倒産?」「間違いないのか?」といった言葉が聞こえてくる。

「……」

自分の身に、一体なにが起きているのか。

世界が足元から崩れ落ちていくような感覚に震えが止まらない。

呆然とする鈴香の体を、雅洸が包むように抱きしめてくれた。

腰に触れる雅洸の手が温かい。

鈴香は自分の手を、彼の手に添えた。モニターを見て一気に血の気が引いた体に、体温が戻ってくるのを感じる。

「俺がいるから大丈夫」

電話の合間に、雅洸が鈴香の耳元でささやいた。

「……私、どうなるんですか？」

しっかりしようと思うのに、声が震えてしまう。

不安な眼差しを向ける鈴香に、雅洸は迷いのない声で言う。

「俺が結婚してあげるから、心配しなくていいよ」

「……」

すがるような思いで彼を見上げていた鈴香は、「結婚してあげる」という言葉に、止まりかけていた指の震えがふたたび強まるのを感じた。


鈴香の家へと向かう車の中で、雅洸がさっき電話で集めた情報をかいつまんで話してくれた。

でも今の鈴香の頭には、その情報がうまく入ってこない。

ぼんやりした頭で理解出来たのは、三つのことだけ。

ハナミヤ産業が事実上の倒産をしたこと。それに伴《ともな》い、社長である父の博茂が社長職を辞すること。そして、法人債務の連帯保証人である博茂は、財産のほとんどを失うだろうということだった。

「俺がいるから大丈夫だよ」

赤信号で車を停めた雅洸が、左手をハンドルから離して鈴香の手を握る。

「……」

鈴香は雅洸を見た。

前を向いたままの雅洸は、いつもと変わらない強気な顔をしている。鈴香の身に起きたことなどたいしたことではないのだと、その横顔が物語っていた。

「倒産は決定事項だし、博茂さんの退任も回避出来ない。それに伴《ともな》って鈴香の生活にも変化が生じるだろう。……でも俺がいるから大丈夫だ」

「大丈夫って？」

「卒業までの学費や生活費は俺が面倒みるし、卒業した後はすぐ俺と結婚すればいい。鈴香はなにも考えず、今まで通りに過ごせばいいよ」

「今まで通り……」

それは、今まで鈴香に必要なもの全てを与えてくれていた人が、両親から雅洸に変わるだけということだろうか。これからも鈴香は、自分でなにかを選ぶことなく、雅洸に与えられるものをただ受け取っていればいいということだろうか。

「……」

鈴香の人生を、鈴香以外の人が決めていく。

それでは駄目な気がする。

鈴香は雅洸に触れられている、自分の指先を見つめた。いまだに震えが止まらない。

「大丈夫だから」

優しく繰り返す雅洸に、鈴香は問いかける。

「もし明日、雅洸さんの会社が倒産したら、私はどうしたらいいんですか？」

「そんなこと、あるわけないだろ」

「父の会社が倒産するなんて、あるわけない。……私もさっきまでそう思ってました」

微《かす》かに震える声で話す鈴香に、雅洸はやれやれと言うように肩をすくめた。

「まあ、この世に絶対なんてないからな。……でも、もしそうなっても問題ない。俺にはそれなりの資産があるし、新たに起業して巻き返すだけの才覚もある」

雅洸はそう断言する。

自信過剰と思われかねない台詞《せりふ》だけれど、雅洸のことをよく知っている人にはわかる。彼の自信は確かな実績に裏打ちされたものなのだと。

「とにかく俺といれば、なんの心配もないよ」

だから怯《おび》えることはない、と彼は触れている手に力を込める。

きっと、その通りなのだろう。

今まで両親に庇護《ひご》されてきたのと同じように、今度は雅洸に庇護《ひご》されて生きていけばいい。

それが一番楽だ。

――でも……。

それはもの凄《すご》く危険なことのような気がする。

「どうして、私と結婚しようと思うんですか？」

自分の中に渦《うず》巻く不安の出口を探して、鈴香は雅洸に問いかけた。切実な眼差しを向ける鈴香に、雅洸が諭《さと》すような口調で答える。

「今さら、ほっとけないだろ」

その言葉に、鈴香は静かに息を呑んだ。

――雅洸さんは、私との結婚に、なにも求めていないんだ。

鈴香と雅洸の間にあるのは、お互いの家の利害関係と、許嫁《いいなずけ》として過ごすうちに育《はぐく》まれた「親しみ」や「情」といった、恋愛感情とは違う感情なのだろう。

そんな同情的な立場で結婚してもらったら、鈴香はこの先ずっと雅洸に遠慮しなくてはいけなくなる。

そうなればさっきの映画のヒロインのように、愛を告げられて手放しに喜ぶ瞬間なんて一生訪れない。

――私、なにも考えてなかった。

なにもかも与えてもらうことに慣れていた鈴香は、今さらながらに気付いた。自分が、結婚の意味を深く考えていなかったことに。

「…………しません」

鈴香はポツリと呟《つぶや》いた。

「え？　なんて言った？」

うまく聞き取れなかったらしい雅洸に、同じ言葉を繰り返す。

「私は、雅洸さんと結婚しませんっ！」

「…………なんで？」

理解出来ない。ハンドルに体重を預けるようにしてこちらをのぞき込む雅洸の顔に、そう書いてある。

いつもより少し位置が低くなった雅洸の目を見つめて、鈴香は呼吸を整えた。

――雅洸さんの目、初めて同じ高さでちゃんと見た気がする。

子供の頃から見上げてばかりいたし、デートのときは、雅洸に手を引かれて歩くことが多かった。

同じ高さで正面から見る雅洸は、凛々《りり》しく精悍《せいかん》な顔立ちをしている。

――迷いがない、自信にあふれた大人の男の顔だ。

そんな雅洸と鈴香のことを周囲が「お似合い」と言ってくれていたのは、「お似合いの二人」ではなく「お似合いの家柄」という意味だったのだろう。

今回のことで、その家柄を失ったも同然の鈴香は、自分のことすら一度も選んだことがない、中身のない人間だった。

全てを失っても自力で巻き返せるという雅洸とは違って、途方に暮れることしか出来ない。

こんな自分は雅洸に不釣り合いだ。

たとえ彼の情にすがって結婚しても、愛し合う関係にはなれないだろう。なにも出来ない自分は、雅洸にとって真剣に向き合う価値がない。

そのことに気付いてしまった以上、この先雅洸の隣にいても、きっと辛くなるだけだ。

鈴香は心の中で自分にそう言い聞かせ、ゆっくりと息を吐いて呼吸を整えた。

「一方的に頼るだけの結婚なんて、私はしたくないんです。……私は、ちゃんと自分の力で生きていけるようになってから、そのときに好きだと思える人と結婚したいです」

「なにを言ってるんだ？」

「私たちの婚約は、私が大人になったときに双方に異存がなかったら……という条件付きです。今の私は、雅洸さんとの結婚を望みません。だから婚約を破棄します」

鈴香は雅洸の目を見て、そう宣言したのだった。

2　それから五年

ハナミヤ産業が倒産してから五回目の夏が来た。

都内の一等地にある屋敷を失い、無一文になった花宮家の末路《まつろ》は悲惨なものだった。

鈴香の母、香穂子《かほこ》はお嬢様育ちで苦労したことがない。そんな彼女が貧乏な暮らしに耐えられるはずもなく、自分を窮地に追いやった夫、博茂を憎むようになった。博茂自身も会社を失った喪失感から立ち直れず、まるで別人のように性格が変わってしまい、徐々に夫婦間に亀裂が走っていった。

幼稚園からエスカレーター式の名門私立に通っていた鈴香の苦労も、計り知れないものがあった。短大卒業を間近にして、後期の学費を支払うことが出来ず、自主退学を余儀《よぎ》なくされ……

——というようなことは、まったくなかった。

会社のお盆休みが明けたばかりで忙しく仕事をしていた鈴香は、オフィスにある自分のパソコンの前で、ふとこれまでのことを振り返る。

ハナミヤ産業の倒産以降、確かに大変ではあった。プール付きの屋敷や別荘を手放したのは事実だし、父が資産のほぼ全てを失ったのも本当だ。

けれど人間、なかなかしぶといものである。

父の博茂は自己破産したものの、母の香穂子が祖父母から受け継いだ資産は手元に残った。それに鈴香にだって、自分名義の貯金がそれなりにあったのだ。

根っからの楽天家である香穂子は、博茂を恨《うら》むこともなく、彼との新しい生活を前向きに受け入れていた。

そして家族で相談した結果、両親は物価の安い郊外に引っ越し、鈴香だけが都内に残って短大を卒業することになったのだ。

「花宮さん、二番にミズモトの刑部《おさべ》さんから電話」

「あ、はい」

隣に座る同僚、広瀬千夏《ひろせちなつ》の言葉に鈴香は返事をし、デスクに設置されている電話の外線ボタンを押した。

「荻野《おぎの》ガラス、営業部の花宮です」

そう名乗る鈴香に、相手は数日前に送ったサンプルについて次々と質問を投げかけてくる。

それらの質問に答えるべく、鈴香は商品に関するファイルを手にページをめくった。そうしながら、また当時のことを思い出す。

――一番苦労したのは、就職だったな。

鈴香が通っていた、お嬢様学校と名高い私立短大は、就職には恐ろしく不利だった。

卒業生の進路は結婚か家事手伝い、もしくは留学というのがお決まり。たまに就職する子がいても縁故採用が当たり前だった。

そんな学校なので就職課はまともに機能しておらず、夏休みが終わってから就職したいと言い出した鈴香の助けにはなってくれなかった。

仲の良かった友達は親の会社で働かないかと誘ってくれたが、鈴香はそれを断り孤軍奮闘《こぐんふんとう》。自力で今の会社――荻野ガラスの営業職を手にしたのだった。

荻野ガラスは業界では中堅どころに位置する会社で、技術力に定評があり、海外メーカーからも注文がある。

国内外問わず舞い込む注文に対応するため、社員が時間差で働いており、大企業のように豊富ではない人員の穴を補うべく、一人一人が頑張っている。そんな会社なので常に活気に満ちていて、鈴香自身も仕事にやりがいを感じていた。

――与えてもらう幸せは、楽だけど危うい。

それがハナミヤ産業の倒産から始まる一連の出来事を受けて、鈴香が導き出した結論だ。

社会人生活も五年目。それだけの時間を自力で過ごしてきた今の鈴香には、仕事に対するプライドも自信もある。だから昔のような贅沢《ぜいたく》は出来なくても、毎日が楽しくてしょうがない。

もしあのとき、雅洸の情にすがるような形で結婚していたら、自分はもっと卑屈《ひくつ》な人間になっていたと思う。

だから雅洸との婚約を解消したことを、少しも後悔していなかった。

「――わかりました。では、その方向で進めさせていただきます」

そう言って電話を切り、鈴香は深い溜息を吐《つ》く。すると千夏が「またネチネチ言われた？」と問いかけてきた。

ミズモトの刑部といえば、サンプルを受け取るたび、添付《てんぷ》されている資料を読めばわかることまでネチネチと質問してくることで有名だ。しかも開発部の者に問い合わせたほうが早いのに、必ず営業部に説明を求めてくる。

「私どもではわかりかねますので開発部に……」と言って電話を回そうとしても、「自分たちが理解してない商品を、他人に売り付ける気かっ！」と怒り出すのだ。だから営業部の人間には敬遠されている。

「ああ、刑部さんのことなら大丈夫です。虎《とら》の巻《まき》を用意してますから」

そう言って鈴香は千夏に、手にしていたファイルを見せる。

それは刑部の性格を承知している鈴香が、サンプルを送る際に必ず用意しておく想定問答集だ。

確かに刑部は、重箱の隅《すみ》を突《つつ》くような細かい質問をしてくる。だが自分が納得した製品には、金額の交渉をすることなくすぐに発注してくれるので、ありがたい存在でもあった。

そんな刑部と円滑な商談をするために、鈴香は前もって彼が質問してきそうなことを想定し、開発部に確認しておくことにしている。

その結果、刑部の対応は花宮に……、という暗黙のルールが出来上がっていた。

ミズモトが都内に会社を構えていないこともあり、刑部とのやり取りはもっぱら電話だが、数回顔を合わせたことがある。太い眉をした白髪《しらが》交じりのおじさんで、見るからに頑固オヤジだった。

だが、そんな刑部との仕事が、鈴香は嫌いではない。だから鈴香としても、刑部の対応を任されるのは嬉しいことなのだ。

「うわっ！　専門用語がいっぱい」

虎《とら》の巻《まき》をパラパラめくって、千夏が驚きの声を上げた。

千夏は三年制の専門学校を卒業していて、年齢は鈴香より一つ上だ。けれど鈴香とは同期入社なので、営業部の中では一番親しい仲である。

「花宮さん、偉いねぇ」

千夏が感心した様子で何度もうなずくと、その動きに合わせて彼女の癖毛《くせげ》が揺れた。

無理して自分を飾っても疲れるだけ。そう公言している千夏は、髪型もメイクもナチュラルを心がけていて、外見同様、性格も見栄をはらないさっぱりしたものだ。

そのおかげで取引先のウケもよく、特に年配の人には男女問わず可愛がられている。

「自分の知識力に自信がないし、臆病《おくびょう》だから、出来るだけ事前準備をしておきたいんです」

「それは謙遜《けんそん》ってヤツだよ。花宮さんは、偉いよ」

鈴香を褒《ほ》めながら、千夏がファイルを返してきた。

鈴香はそれを受け取りつつ、「そんなことないです」と首を横に振る。

「私なら相手が刑部さんでも、『わからないので、確認して折り返します』って無理矢理電話切っちゃうと思うよ」

千夏がそう言って、あっけらかんと笑う。

「それはちょっと、危険かもしれませんね……」

刑部の激昂《げきこう》した姿を想像して、二人同時に苦笑いが漏れた。

相手が刑部以外なら、その対応で問題ない。その場しのぎの中途半端な回答をして信用を失うよりよっぽどいいし、いち営業部員に専門的な知識など求めていない人がほとんどだ。

でも鈴香は、自社の扱っている商品がどんなものなのか、事前に把握しておきたいのだ。なにも知ろうとせず、ただ流されることの危うさを知ってから、些細《ささい》なことでも自分で確かめるようになった。

「やっぱり刑部さんの相手は、花宮さんしか出来ないよ」

「私の臆病《おくびょう》な性格と、刑部さんの細かい性格がたまたま合ってるだけですよ。私の場合、逆にちゃんと確認してくれない人のほうが苦手なんです」

「そんなものかな？」

「そんなものですよ。……それに最近気付いたんですけど、刑部さんが本気で知りたいのは商品のことじゃなくて、うちの社員が自社の製品をどれくらい信頼して、自信を持って薦《すす》めているかどうかってことなんですよ」

「なるほど。……じゃあ、なんで溜息なんか吐《つ》いてたの？　刑部さんのせいじゃないの？」

「ああ、それは……」

昨夜、自宅のパソコンに届いたメールが原因だ。けれど、そのことは話題にしたくないので、鈴香は「昔の知り合いとちょっと」と曖昧《あいまい》に答えた。

「そうなんだ」

良くも悪くも物事を深く追及しない千夏は、「じゃあ、これあげるから元気出して」と、自分のデスクの中からチョコレートを取り出し、鈴香のデスクに置く。

鈴香は千夏にお礼を言って、刑部との電話の内容を部長に報告すべく立ち上がった。

そして歩きながら、昨日雅洸から届いたメールの内容を思い返す。

『日本に戻った。明日、迎えに行くから食事をしよう』

そんな文章から始まるメールには、雅洸がＩＮＳの開発本部長に就任すべく帰国したことも書かれていた。

鈴香は、そのメールに返事をしていない。

——だって、なんて返せばよかったの？

婚約を破棄してからも、雅洸からはときどきメールが届いていた。

鈴香の暮らしぶりを案じる内容のときもあれば、雅洸の仕事ぶりに関することや、日常の些細《ささい》な出来事を伝える内容のときもあった。頻度は婚約していたときよりも多いくらいで、話題も様々だ。写真が添えられていることもある。

だが、もし雅洸からメールをもらっていなくても、鈴香は彼が順調に出世していることを知っていた。

長い付き合いなので、共通の知り合いが多い。鈴香の生活環境が一変した今も、昔と変わらない付き合いをしてくれる人もいて、彼らの口から雅洸の噂《うわさ》を聞くことがあった。

特に鈴香の母方の遠縁にあたる有川尚也《ありかわなおや》は、雅洸と高校生時代からの親友ということもあり、鈴香と会うと必ず雅洸の近況を教えてくれた。

——付き合い、無駄に長すぎるから……

鈴香は溜息を吐《つ》く。

子供の頃からの知り合い。婚約を解消したところで、その事実は変わらない。

しかも明確な恋愛感情に基づいて付き合っていたわけではない分、男女のドロドロとしたしがらみがないので、婚約を解消したからといって邪険に扱う理由も見当たらない。

結婚の予定がなくなった今、鈴香と雅洸はただの幼なじみのような関係になっている。

だから、メールを受け取れば普通に返信していた。けれど、いざ会おうと言われると、どんな顔をして会えばいいのかわからない。

実は今までも、雅洸が一時帰国した際に食事に誘われることはあった。でも、なにかと理由を付けて断り続けてきたのだ。

元許嫁《いいなずけ》として、もしくはいち幼なじみとして、雅洸の出世を祝いたい気持ちはある。でも帰国が突然すぎて、気持ちの整理が付かない。

鈴香から返信がなければ、雅洸も食事の話は流れたと思うだろう。

今一人暮らしをしているマンションの住所を教えた覚えはないし、鈴香の仕事が何時に終わるのかも雅洸にはわからないはずだから、突然迎えに来られる心配もない。

——まあ、とりあえず今日のところはスルーしておこう。

鈴香は、そう決めて部長のもとへと向かった。

◇◇◇

「ありえない……」

いつも通りに仕事をこなし、自宅マンションの近くまで戻ってきた鈴香は、目の前の光景に目眩《めまい》を感じた。

転ばないよう道路脇にあるカーブミラーのポールにしがみ付き、もう一度マンションのほうへと視線を向ける。

「花宮鈴香様、お帰りをお待ちしておりました」

プレスの利いたスーツ姿の男性が、うやうやしく頭を下げる。そして「どうぞ」と、背後にある白いリムジンのドアを開けた。

「あの……これは…………？」

鈴香はおぼつかない足取りで男性に歩み寄り、リムジンを指差す。

「伊ノ瀬雅洸様より、花宮様のお迎えを承《うけたまわ》っております」

男性の言葉に、鈴香は「でしょうね」と心の中で返した。自分で質問しておいてなんだが、こんな派手なお迎えをよこす知人など彼しかいない。

「雅洸さんは、『仕事が長引いて迎えに来られない』のパターンですか？」

「左様《さよう》でございます」

と、運転手の男性は手でリムジンを示し、鈴香に乗車を促《うなが》す。

婚約時代も雅洸は、仕事が長引いて約束の時間に迎えに来られなくなったときには、こうしてリムジンをよこしていた。

当時の鈴香は深く考えることなく、はしゃいでリムジンに乗り込んでいた。きっとあの頃と同様、リムジンの中には花束と、鈴香の好きな飲み物やスイーツが用意されているのだろう。

でも、ごく一般的な社会人生活を四年も送った今、それがどれだけ無駄遣いだったのかわかる。

そして今さらながらに、もう雅洸とは住む世界が違うのだと痛感した。

鈴香は、やれやれと眉間を押さえて、きっぱりと言う。

「迎えは必要ありません。目立って恥ずかしいから帰ってください」

「それでは、私が伊ノ瀬様に怒られます」

運転手の男性が、すかさず返してきた。

「そもそも今日、会う約束なんてしてないんですけど」

「当方では、そのようにはうかがっておりませんので」

彼は鈴香に乗車を求めるべく、さらに深く頭を下げる。そんな二人のやり取りを、通行人が興味津々《きょうみしんしん》な目で眺めていた。

「…………」

高級感あふれるリムジンを前に、いつまでもここで話している方が恥ずかしい。

鈴香は仕方なく、つやつやと車体を光らせるリムジンへと乗り込んだ。

そして革張りのシートの上に置かれている花束に、「やっぱりね」と、溜息を漏らした。

滑《なめ》らかに動き出すリムジンの中で、鈴香は花束を抱え、それに添えられていたメッセージカードに視線を向ける。そこには「久しぶりに会えるのを楽しみにしている」と書かれていた。

――雅洸さん、誰にでもこういうことするのかな?

大人になるにつれうすうす感じていたことではあるが、やはり雅洸は女性の扱いに慣れていた。

鈴香を……というより、女性を喜ばせる手法を熟知している。

――まあ、よく考えれば当然のことだよね。

有名企業の御曹司《おんぞうし》。完璧な学歴と経歴に、端整な顔立ち。レディーファーストを心得ていて、大人の魅力にあふれている。そんな雅洸を、世の女性たちが放っておくわけがない。

雅洸にその気があれば、いくらでも恋愛を楽しむことが出来たのだろう。

——結局私たちの結婚って、将来的にＩＮＳがハナミヤ産業を傘下《さんか》に収めるためのものだったんだよね。

伊ノ瀬の一族は、野心家が多い。鈴香と雅洸の婚約を取りまとめたのは、一族の中でも特に野心が強い、雅洸の伯父の豊寿だった。

花宮家には鈴香しか子供がいないから、もしあのまま結婚していれば、夫の雅洸がハナミヤ産業の経営に強い影響力を持つことになっていただろう。

それを狙って許嫁《いいなずけ》にした鈴香が、ハナミヤ産業の娘という価値を失ったとき、雅洸がとっさに「結婚してあげる」と言ったのは、愛情ではなく彼の優しさだ。

——あの頃の私は子供すぎて気付かなかったけど、今ならわかる……。

少しも対等な関係でなかった雅洸に、鈴香の知らない恋人がいても不思議はない。同情で結婚してもらったとしても、きっと誰も幸せにはなれなかっただろう。

それに今になって考えると、鈴香自身、雅洸のことをどう思っていたのかよくわからない。

ただ雅洸に大人の女性として扱ってほしくて必死だった。

それは間違いなく、当時の鈴香の正直な感情だ。でもそのときの鈴香は本当に子供で、雅洸と結婚することが人生の正解なのだと思い込んでいた。自分が抱いていた雅洸への感情が、恋なのか憧れなのか、今となってはよくわからない。

「………やっぱり、まだ会いたくないな」

どんな顔をして会えばいいのかわからないし、下手に会って、あの頃雅洸に抱いていた感情の正体を知ってしまうのも怖い。

鈴香は、雅洸からのメッセージカードを裏返して花束に挿《さ》すと、シートに置いて出来るだけ遠くに押しやった。


やがてリムジンが辿り着いたのは、閑静な場所にある会席料理の店だった。

歴史を感じさせる大きな門の前で車が停まると、和服姿の仲居が出迎えてくれた。

深々と頭を下げた仲居は、車から降りる鈴香を見て怪訝《けげん》な表情になり、リムジンの奥をうかがう。

そして乗客が鈴香一人だと確認して、もう一度頭を下げてきた。

きっとリムジンで乗り付けた客が、安物のビジネススーツを着た女性一人で、しかも高そうな花束を抱えているというパターンが初めてで、戸惑ったのだろう。

それでも彼女は何事もなかったかのように笑みを浮かべ、鈴香を中に招き入れた。

仲居に案内されたのは、立派な座敷だった。漆喰《しっくい》の壁に日本の植物が描かれていて、和紙を使った照明が部屋全体を柔らかな色調に染めている。

まだ雅洸の姿はなかった。仲居が座敷の上座に座るよう勧めるのを断り、鈴香は下座に腰を下ろす。

――高そう……

個室に一人残された鈴香は、金額の書かれていないお品書きを手に取り、思わず眉をひそめた。

想定外の成り行きではあるが、せっかく会うのであれば、雅洸の出世を祝して自分がご馳走《ちそう》したいと思う。もう彼の婚約者ではないのだし、働いてお給料をもらっているのだから当然のことだ。

そうは思っても、店の格調が高すぎて会計が不安になってくる。

――最悪カードで払って、その後しばらく節約生活を送れば大丈夫だよね。

そう結論付けてお品書きを元の場所に戻したとき、入り口の襖《ふすま》が静かに開いた。

「待たせたな」

そう言って、雅洸が部屋へと入ってくる。

そして鈴香の向かいの席に腰を下ろした。

――雅洸さん、一段と大人っぽくなってる……

老《ふ》けたという意味ではない。体格や風貌に大きな変化はないが、海外で仕事をこなしてきたゆえの貫禄のようなものをまとっていて、オリジナルの美しさにあふれた雅洸の存在感をさらに際立たせている。

きっと海外でも、女性にモテていたのだろう。

そう思うと、心の奥のほうが意味もなく軋《きし》んだ。

仲居に日本酒の銘柄を確認していた雅洸が、ふと鈴香を見た。

「鈴香、酒は呑めるようになったのか？」

当然のようにファーストネームで呼ばれて、鈴香は「度数が低いのなら」とぎこちなく答える。

すると雅洸は口元だけで笑って、酒の注文を済ませた。

そして仲居が運んできた酒を一口呑んでから、「久しぶり」と改めて挨拶《あいさつ》をしてくる。

久々に聞く雅洸の低く掠れた声が、耳に心地よい。

「お久しぶりです。それと、ご昇進おめでとうございます」

鈴香は一度ぺこりと頭を下げた後、「でも……」と言って厳しい表情を雅洸に向けた。

「今日、会う約束をした覚えはないです」

自宅マンション前での運転手とのやり取りを思い出し、鈴香はむくれる。しかも仕事用の地味なスーツ姿で、リムジンで高級会席の店に乗り付けるなんて恥ずかしすぎた。

「沈黙は肯定のサインだと思った」

悪《わる》びれる様子もなく返す雅洸に、鈴香は抗議を続ける。

「あと、あんな恥ずかしい迎えをよこすのは、やめてください。ちゃんと約束をしていれば自分の足で会いに行きます」

「女性を一人で店に向かわせる。……そんな恥ずかしいこと、出来るわけないだろう」

いや。リムジンで迎えに来られるほうが、よっぽど恥ずかしい。

「そもそも私、雅洸さんに住所を教えた覚えはないんですけど」

「共通の知り合いが、何人いると思ってるんだ？」

雅洸はそう笑うと、杯《さかずき》を軽く持ち上げて中身を飲み干した。

「……確かに」

鈴香が知人の噂話《うわさばなし》から雅洸の近況を知ることが出来たのと同じように、雅洸にも鈴香の情報が筒抜けになっていたのだろう。

「それより遅くなったけど、荻野ガラスへの就職おめでとう」

就職したことはメールで報告したが、会社名まで教えた覚えはない。どうやら鈴香の与《あず》り知らぬところで、かなりの個人情報が流出しているらしい。

「ストーカーみたい」

鈴香の苦言に、雅洸がニヤリと笑う。

「ちゃんと気にかけてるんだよ。お前だって俺の近況、尚也に聞いてたくせに」

「……」

いつもこうだ。

全てが雅洸のペースで進んでしまう。

鈴香は、雅洸が注文した梅酒の炭酸割りに口を付ける。深い梅の味が、炭酸の刺激と一緒に広がった。

上品な梅の味に思わず顔を綻《ほころ》ばせていると、食事が運ばれてきた。

先付《さきづけ》から始まる会席料理をゆっくり食べ進めながら、ポツリポツリと言葉を交わす。

会話の主導権を握っているのはもちろん雅洸で、鈴香は彼の質問に答えたり、彼の近況報告に相《あい》槌《づち》を打ったりするだけだった。

けれど、昔と変わらない空気感に、自然と心が和《なご》む。むしろ昔より雅洸の態度が気安くて、距離が縮まった気さえしていた。

「だいたい、迎えでもよこさなきゃ、お前は会おうとしないだろ」

ハイペースで酒を呑む雅洸が、さっきの話を蒸し返す。

「どうしてそう思うの？」

「一時帰国するたびに食事に誘ってたけど、お前いつも、俺の誘いをのらりくらりと断ってたじゃないか」

「のらりくらりって……雅洸さん、自分の予定に空きが出来たときに突然誘ってくるから、タイミングが合わなかっただけです。……ほら、就職してからは私も色々と忙しかったし」

それは半分嘘だ。

雅洸が短い帰国の合間に食事に誘ってくれることがあっても、鈴香は適当な理由を作って会うことを避けていたのだ。

「ふうん」

疑わしげな目を向けてくる雅洸に、鈴香はペコリと頭を下げた。

「……ごめんなさい」

いざこうして顔を合わせてみれば、意外と普通に話せる。

こんなことなら必要以上に避けたりしないで、ただの幼なじみとしてもっと気楽に会ってもよかったのかもしれない。

素直に謝る鈴香を前に、雅洸はどこか照れた様子で首筋をかく。こんな些細《ささい》な仕草も、婚約していたときには見られなかったので、鈴香は少しドキドキしてしまう。

「まあ、別にいいけど……でも今日は大事な話があるから、どうしても鈴香に来てもらわないと困るんだ」

だからといって、マンションの玄関先にリムジンをよこすのはやめてほしい。

そんな思いで溜息を吐《つ》く鈴香に、杯《さかずき》を食卓に置いた雅洸が真剣な眼差しを向けてきた。

「……？　どうかしましたか？」

「実は、そろそろ結婚しようと思うんだ」

「――っ！」

突然の宣言に、鈴香は一瞬固まってしまう。

――ああ、そういうことだったんだ。

鈴香はそっと箸《はし》を置く。

雅洸が強引にでも鈴香を食事に誘い出したのは、元婚約者である自分にそのことを報告しておきたかったからなんだ。

「……そうなんですね」

「ああ」

伏し目がちにうなずく雅洸が、とっくりに手を伸ばす。

婚約を破棄したときから、いつかこういう日が来るのはわかっていた。でもいざその日を迎えると、なんだか変な気持ちになる。

鈴香は、動揺を抑えて頭を下げる。

「おめでとうございます」

「ん？」

鈴香の言葉に、雅洸がキョトンとした。

「――？」

不思議そうな顔をされ、鈴香も同じような顔をする。

「なんだか、妙に他人行儀な反応だな」

「だって、もう……」

もう自分たちは他人同士だ。

そう思う鈴香を指差し、雅洸が苦笑いを浮かべる。

「自分の結婚なんだから、もうちょっと違う反応があるだろう」

「はい？」

うしろにのけぞって驚く鈴香に、雅洸が怪訝《けげん》な目を向ける。

「ん？　なにを驚いているんだ？」

「……雅洸さん、誰と結婚するつもりなんですか？」

「……」

雅洸が無言のまま、鈴香を顎《あご》で示す。

――いやいや、ありえない。

鈴香は慌てて首を横に振る。

「ちょっと待ってください。なんで私が雅洸さんと結婚するんですか？　だって婚約は、とっくに解消したはずですよ」

「そんな覚えはない」

雅洸が強い口調で断言した。

いや。ハナミヤ産業が倒産した日に、確かに婚約破棄を申し出たはずだ。

そのことを指摘する鈴香に、雅洸が事務的な口調で返してくる。

「その申し出は覚えているが、受諾した覚えはない」

「……」

思わず黙り込む鈴香だったが、当時の記憶を探り、「で、でも」と声を上げる。

「あのとき雅洸さん、『とりあえずわかった』って言ったじゃないですか」

「とりあえず……だろ？　その後、『今は動揺しているだろうから、落ち着いたら話し合おう』とも言ったはずだ」

「うっ……」

確かにそう言われた気がする。

ひるむ鈴香を見て、雅洸はさらに痛いところを突いてくる。

「それ以降、お前は俺がどれだけ誘っても会おうとしなかったな」

「……っ」

「あのときの鈴香は『一方的に頼るだけの結婚なんてしたくない』と言っていた。就職して立派に自活している今なら、結婚しても問題ないだろう」

「……」

いや、問題だらけだ。

とっくに婚約破棄したつもりでいたのに、今さらそんなことを言われても困る。

感情が追い付かず言葉を失う鈴香に、雅洸がたたみかける。

「というわけで、結婚式はいつがいい？　あと、希望の式場はあるか？　あるなら、そこを予約しよう。それと、結婚後の新居だが……」

「ちょ、ちょっと待って……っ！」

鈴香は慌てて話を遮《さえぎ》る。

「ん？」

「雅洸さん、本気で私と結婚するつもりなんですか？」

「当たり前だろ」

「どうして？」

「海外赴任が終わり、しばらくは日本での勤務が続く。年齢的にもちょうどいい。そろそろ落ち着くのに、妥当なタイミングだと思わないか？」

鈴香の戸惑いの理由を理解することなく、雅洸は淡々と話す。そんな雅洸の声を鈴香はふたたび遮《さえぎ》った。

「そっ、そういうことじゃなくて。私と結婚しても、雅洸さんにメリットはないですよ」

鈴香の言葉を、雅洸が「なんだそれ」と鼻で笑う。

「だって私と雅洸さんの結婚は、ハナミヤ産業ありきの政略結婚だったんでしょ？　だったら今の私と結婚しても、伊ノ瀬家にはなんのメリットもないはずです」

「ああ。そうだな」

雅洸は、政略結婚の事実をあっさり認めた。

鈴香と違い、婚約したときにはもう十分大人の考え方が理解できる年齢だった雅洸は、二人の結婚の意味を理解していたのだろう。

「じゃあ、なんで今さら私と結婚しようと思うんですか？」

「鈴香が、俺の許嫁《いいなずけ》だからに決まってるだろう」

即答する雅洸に、鈴香は目眩《めまい》を感じて額《ひたい》を押さえた。

指の隙間《すきま》から雅洸の様子を確認すると、余裕の笑みを浮かべて鈴香の反応を待っているのが見えた。

——同情……だよね？

自分で認めるのは癪《しゃく》だが、それ以外に理由が思い付かない。お嬢様だった鈴香が安物のビジネススーツに身を包み、毎日あくせく働いていることを憐《あわ》れんでいるのだろうか。

それなら心配無用と、鈴香は片手を前に出してきっぱり宣言する。

「お断りします。私、雅洸さんがいなくても平気ですから」

「平気？」

「今の仕事を気に入っているし、雅洸さんに頼らなくても暮らしていけるくらいには稼いでます。だから、雅洸さんに結婚してもらう必要はありません」

その言葉に、雅洸の眉がぴくりと動く。そして彼は「ほう」と息を吐いた。

「だから雅洸さんは遠慮なく、他の誰かと結婚してください。……今まで婚約の件が保留になってたって言うなら、今日この瞬間、正式に婚約を破棄しましょう」

お互いの幸せのためには、それが一番いい。そう思う鈴香だったが、雅洸は「却下だ」と低い声で言った。

「はい？」

「婚約破棄を却下する。そう言っているんだ」

「なんで……？」

意味がわからない。顔を引きつらせる鈴香に、雅洸が胸を張って答える。

「俺が誰と結婚しようが俺の自由だ。誰かに指図される筋合いはない」

「そうだけど……いや、そうじゃないでしょ」

結婚には、双方の合意が必要なのだから。

なかば呆れつつ説明する鈴香に、雅洸は「なるほど」と一応の納得を見せた。

「わかってもらえましたか。じゃあ、今度こそ……」

婚約を破棄しましょう、と言いかけた鈴香に、雅洸が強気な視線を向ける。

「それなら、鈴香が俺と結婚する気になれば、なんの問題もないな？」

「……」

なんでそうなるの？　と言い返そうとしたタイミングで「失礼します」と、襖《ふすま》が開けられた。

慌てて話を中断させる鈴香に、雅洸が不敵な笑みを浮かべて高らかに宣言する。

「言っておくが、俺は一度決めたことを、そうそう諦める人間じゃないぞ」

それは鈴香もよく知っている。

面倒くさいことになった。そう感じつつ、鈴香は新たな料理を運んできた仲居に頭を下げるのだった。

3　婚約者的距離感

雅洸との再会から一週間。

あいかわらず仕事熱心な鈴香は、荻野ガラスの開発部とのランチミーティングに参加していた。

——ガラス開発は、強度だけでなく軽さも重要だよね。

参加者の話を聞きながら、鈴香は改めて納得する。

ただ頑丈なガラスを作りたいのであれば、単純に厚くすればいい。でもそうすると厚みの分、重さも増してしまう。

最近のスマホが初期のものよりずいぶん軽くなった理由の一つに、ガラスの軽量化が挙げられる。

「花宮さん、部長が呼んでたわよ」

ミーティングが終わって自分の席に戻るなり、隣の席の千夏に声をかけられた。

鈴香が部長のデスクに視線を向けると、そこには誰もいない。千夏が「応接室で待ってるって」と付け足した。

「応接室？」

なんでわざわざそんな場所に……と思いつつも「了解」と返して、鈴香は応接室へと向かった。


「失礼します」

重厚な木製のドアをノックして中に入ると、部長がソファーに腰かけたまま「呼び出してすまんな」と軽い口調で詫びてきた。

応接室にはもう一人、開発部の責任者である佐々木《ささき》という四十過ぎの男性もいた。

長身でヒョロリとしている佐々木は、仕事は出来るが人と話すのが苦手とのことで、ランチミーティングにも参加しない。今日も鈴香の顔を見るなり、「じゃあ、あとはよろしくお願いします」と部長に声をかけて部屋を出ていった。

「適当に座ってくれ」

部長にそう言われ、鈴香は彼の向かいのソファーに腰を下ろした。

「早速だが、花宮君に頼みたい仕事があるんだ」

と、部長が話を切り出した。

「はあ」

それならデスクですればいいのに。そんな鈴香の心を読んだように、部長が続ける。

「まだ正式に決まってはいないので、公《おおやけ》にはしてもらいたくないのだが……」

なるほど、それでわざわざ呼び出したのか。

納得する鈴香に、部長は仕事の内容を話し始めた。

◇◇◇

その日の仕事帰り、鈴香は軽い足取りで自宅マンションへと向かっていた。

——佐々木さん、私のこと評価してくれてたんだ。

応接室での部長の話によると、とある大手企業から、新商品に荻野ガラスの製品を使いたいという相談があったとのこと。

ただしそのためには、安定した生産量の確保と共に、品質についていくつかクリアしなければならない条件があるのだという。

そこで開発部の佐々木が試作品を作り、先方と改善箇所を詰めた上で具体的な商談へ……ということで話がまとまったのだが、佐々木はいかんせんコミュニケーション能力に乏《とぼ》しい。

彼は、相手が求める条件をクリアする自信はあるが、相手の意見を聞き出し要望をまとめる能力が自分には欠けているので、間に入ってくれるサポーターが欲しいと部長に申し出たそうだ。

開発部は人員が少ないし、そろばん勘定に弱い。先方も、コスト面を含めて話し合いを円滑に進めるために、営業部の人間に間に入ってもらうことを望んでいるのだという。

そして、佐々木が「出来れば、そのサポーター役に花宮君を……」と鈴香を指名してきたのだという。

「花宮君が営業の若手の中では一番努力家で、自社製品への理解も深いから」と、佐々木が評価していたと部長から聞かされた。

佐々木とはろくに話したことがないので妙な感じだけれど、自分の努力を認められて、悪い気はしない。

他の仕事もたくさん抱えていて忙しい時期ではあるが、喜んで引き受けた。

はずむ気持ちでマンションの前まで戻ってきた鈴香は、視線の先にある車の存在にガクリと肩を落とした。

「遅かったな」

運転手にドアを開けてもらい、車を降りてきた雅洸が言う。

――待ち伏せしてるし……

とうの昔に破棄したと思っていた婚約話を蒸し返されてから一週間。雅洸が鈴香の帰りを待ち伏せていたのはこれで三回目だ。

鈴香は、肩からずり落ちそうになった鞄《かばん》の紐をかけ直した。

「残業してたんです」

歩み寄ってくる雅洸と、彼が今降りてきた車に、鈴香は厳しい視線を向けた。

「ん？　どうかしたか？」

「いたって庶民的なマンションに、運転手付きの車で乗り付けるのはやめてください。周囲の景観にそぐわなくて浮きます。迷惑です」

雅洸は背後をチラリと振り返って肩をすくめた。

「毎回毎回、文句が多いな」

苦笑いを浮かべる雅洸の言葉に、鈴香はムッと眉を寄せる。

鈴香の文句の原因は、雅洸にあった。ここ一週間、雅洸は毎日花を贈ってくる。自分で来られない日は、宅配サービスを使ってまでよこすのだ。

とうとう昨日、鈴香の怒りが爆発した。「狭い部屋が花で埋め尽くされて迷惑です。女性はみんな花をもらえば喜ぶと思わないでください」と怒ったのだ。

その説教が効いたのか、今日の雅洸は花束を持っていない。

「この車が似合わないマンションに住んでる鈴香が悪いんだろ。文句があるなら引っ越せばいい。なんなら、俺のマンションに越してくるか？」

「ハア……」

何かにつけて、すぐにこれだ。

最初は同情から結婚話を進めようとしていると思っていたのだが、もしかしたら雅洸は、鈴香に断られたことで意地になっているだけなのかもしれない。

――結婚って、同情や意地でするものじゃないと思うんだけど……

なんてことを言ったところで、よけいに雅洸を意固地にさせてしまうだけだろう。

「引っ越してこいよ。な？」

雅洸が明るい表情で誘ってきた。

「お断りします。ここが気に入っているので」

「じゃあ、車のことは我慢するんだな」

鈴香がまた雅洸を睨《にら》むと、彼が「反抗期か？」と、からかってくる。

――話にならない。

大きく息を吐いた鈴香は、「明日も仕事があるから、おやすみなさい」とだけ言い残し、雅洸の前を通り過ぎようとした。

そんな鈴香を、雅洸が「こらこら」と引き止める。

「なんですか？」

「俺が用もないのに、わざわざここで待ってたとでも思うのか？」

そう言って、鈴香に小さな手提《てさ》げの紙袋を差し出した。

「……？」

視線で問いかける鈴香に、雅洸が「プレゼント」と付け加える。

どうやら昨日の鈴香の苦情を踏まえて、今日は花束以外のものを用意したらしい。

「いりません」

鈴香はそう返してふたたび歩き出す。その後を雅洸が付いてきた。

「どうして？」

「受け取る理由がないからです」

「婚約者にプレゼントを贈るのに、理由なんて必要ないだろ？」

「だから、もう婚約者じゃないです」

鈴香が雅洸を振り返り、「言っておきますけど、部屋には入れませんよ」と宣言する。

一緒に会席料理を食べた日、「まだ話は終わってない」と言って家に上がろうとする雅洸を追い返すのに苦労したのは、まだ記憶に新しい。

――そういえばあの日の食事代、結局、雅洸さんが支払ってくれたんだよね。

お祝いの意味を込めてご馳走《ちそう》する気でいたのに、突然蒸し返された婚約話に動揺している間に、雅洸が支払いを済ませてしまっていたのだ。

――気を抜くと、すぐに雅洸さんのペースに流されちゃう。

油断してはいけないと、鈴香は気を引き締《し》める。

「エレベーターまで送るよ」

雅洸はそう言った。毎回追い返されているので、部屋に入れてもらうことは諦めたらしい。それでもつい、疑いの視線を向けてしまう。

「……」

「せっかく待ってたんだから、そこまで送るくらいいいだろ？」

エレベーターホールはもう目の前だし、これ以上無下《むげ》に断るのも大人げない。

「じゃあ、そこまで……」

鈴香が渋々《しぶしぶ》応じると、雅洸がその後を付いてくる。

そしてエレベーターに乗り込む鈴香を大人しく見送ってくれた……かと、一瞬思った。

「鈴香、忘れ物」

雅洸が、鈴香を追いかけるようにエレベーターに一歩足を踏み入れて、鈴香の肘を強く引いた。

「え？　——っ！」

強引に引き寄せられたかと思うと、次の瞬間鈴香の唇に雅洸の唇が触れる。

「……」

「……」

覆《おお》いかぶさるようにして鈴香の唇を奪った雅洸。彼は突然のことにフリーズしている鈴香に紙袋を握らせ、足をエレベーターの外へと戻した。

「おやすみ。また明日」

勝ち誇ったように笑う雅洸が、ひらひらと指だけを動かす。

一瞬遅れて我に返った鈴香は、エレベーターのドアが閉まる直前に、「最低っ！」と叫ぶのがやっとだった。

雅洸の高笑いが聞こえた気がして、腹立たしい。

鈴香はムッとしながら、スーツの袖《そで》で唇を拭《ぬぐ》った。

その手には、雅洸に持たされた紙袋がある。一応中を確認すると、有名ブランドの香水の箱が見えた。

ピンクのパッケージが可愛いこの香水は、最近雑誌でよく見かける。柔らかな甘い香りは鈴香の好みだけれど、子供っぽい気がして買わずにいた商品だった。

――私のこと、まだ子供扱いしている。

「本当に最低……」

不意打ちのキスをしてくる雅洸にではなく、雅洸の悪戯《いたずら》なキスに、こんなにドキドキしてしまう自分に腹が立つ。

鈴香は、熱くなった頬《ほお》を両手で包んで、唇を噛んだ。


自室に入った鈴香は、着替えて化粧を落とすと、パソコンの電源を入れた。

学生時代から使い続けているパソコンのメールアドレスを知っている人は、家族とごく親しい友人と、元婚約者の雅洸だけだ。

メールボックスを確認すると、さっき会ったばかりの雅洸から、おやすみメールが届いていた。

――相変わらずマメだわ……

雅洸の立場を考えれば、暇なわけがない。

それでも彼は、こうやって頻繁《ひんぱん》に連絡をよこす。

再会してからの雅洸は婚約していたときよりも鈴香に気安く、そしてなんだかしつこいように感じる。

だけど、鈴香が邪険に扱っても、ひょうひょうと受け流してしまうところは昔と少しも変わらない。

変わらないからこそ、恨《うら》めしい。

変わらないということは、雅洸の目に映る自分は、いまだに幼稚《ようち》で世間知らずの子供のままなのだろう。

婚約破棄を申し出たあの日から、雅洸に寄りかからなくて済むくらい、自立した大人の女性になろうと頑張っているのに。

「私、もう大人なんですけど」

思わず不満を口にした鈴香は、画面をスクロールさせ、雅洸からの古いメールを確認した。鈴香の家が没落した後も変わらず届いていた雅洸からのメールには、色々な写真が添付《てんぷ》されている。

それらをなんとなく眺めてから、鈴香はパソコンを閉じた。

◇◇◇

――鈴香のやつ、面白いな。

帰りの車の中で、エレベーターが閉まる瞬間の鈴香の表情を思い出し、雅洸はクスリと笑う。

怒って、拗《す》ねて、言いたいことを言って、不満を内に溜め込むことなく雅洸にぶつけてくれる。

変わったな、と雅洸は思う。

ハナミヤ産業が倒産したあの日まで、鈴香はお人形のようなお嬢様だった。それが、あんなにハキハキものを言うようになるとは。

メールのやり取りからも感じていたことだが、実際に会ってみると、思っていたよりもずっと魅力的な女性になっていた。

雅洸は普段仕事で一癖も二癖もある古狸《ふるだぬき》を相手にすることが多いので、嘘のない鈴香との会話にホッとする。

他の女性のように、艶《つや》っぽく媚《こ》びてくることもない。

——その分、色気に欠けている感は否《いな》めないけどな……

それもまた鈴香の個性。

さっきキスしたときの鈴香の表情を思い出し、雅洸は一人ほくそ笑む。

あんな顔を見せられると、鈴香の全てを独占したいと思ってしまう。ますます、鈴香との結婚を推《お》し進めたくなった。

自分が、一度こうと決めたことを譲《ゆず》らない、諦めの悪い性格の持ち主であることは百も承知だ。単に諦めが悪いだけなら、それはただのワガママに過ぎない。だが雅洸は、自分の意志を押し通すための努力を惜しまない。

相手と意見が対立した際には、辛抱強く相手の要望を聞き出し、納得してもらえる妥協案を提示する。

それは口で言うほど簡単なことではない。

相当な知識と忍耐力を要求されるが、雅洸はそれらも兼ね備えている。

――鈴香との結婚も、根気よく交渉していくしかないかな？

雅洸としては、今すぐにでも結婚したいと思うのだが……

「到着いたしました」

後部座席でぼんやり考え事をしていた雅洸は、運転手の声に顔を上げた。

鈴香にメールを送った後、なんとなく手に持ったままだったスマホをスーツの胸ポケットにしまう。そして運転手に「ご苦労。今日はもう帰っていいから」と言い置いて車を降りた。


「雅洸っ」

ホテルのラウンジに入ると、カウンター席に座る待ち合わせ相手が軽く手を上げた。

雅洸も同じように手を上げて返し、カウンターに向かう。

「尚也、久しぶりだな」

親しみにあふれた声で挨拶《あいさつ》し、雅洸は尚也の隣の席に腰を下ろした。

尚也とは学生時代からの付き合いだ。彼が鈴香の遠縁であることは、仲良くなった後で知った。

家に家系図が残っていなければ、親戚と気付かなかった。――そう話すくらい鈴香とは血の繋がりが薄い尚也だが、それでもやっぱり顔には鈴香の面影《おもかげ》を感じる。

「遅くなって悪い」

「鈴香、元気にしてただろう？」

尚也が、すかさずそう問いかけてきた。

鈴香のところに寄ってから行くとは言ってあったのだが、「元気だったか？」ではなく「元気にしてただろう？」という聞き方をされると、どこか面白くない。

アパレルメーカーのバイヤーをしている尚也は、三十歳を過ぎた今も髪を明るい色に染め、カジュアルな服を好んで着るので、実年齢より若く見える。

鈴香と尚也は、血縁は薄いが親同士の仲が良く、親戚の中では歳も近いため、ときどき会っているという。親戚同士とはいえ二人だけで会っている姿を想像すると、大人げないと思いつつも嫉妬《しっと》心《しん》が疼《うず》く。

「最近会ったばかりなのか？」

少し棘《とげ》のある声で尋ねる雅洸に、尚也は「いや」と首を横に振る。

「会ってないけど、なんかアイツ、いつでも無駄に元気で前向きだから」

「なるほど」

それなら納得出来る。うなずきながら雅洸は、バーテンダーにウイスキーの銘柄を伝え、指を二本示してダブルを注文した。

「アイツが元気なほうが楽だろう？　心配しなくて済むから」

尚也にそう言われ、雅洸は曖昧《あいまい》に肩をすくめた。

そんな彼の仕草に、尚也が怪訝《けげん》な顔をする。

「なんだ、心配したいのか？　お前は忙しいんだから、心配事は少ないほうがいいだろう？」

「別に心配したいわけじゃないんだが……」

バーテンダーからグラスを受け取った雅洸は、それをそのまま口元に運んだ。

そして心の中で「でも……」と呟《つぶや》く。

鈴香があまりに元気で前向きだと、自分が必要とされていない気がして寂しくなる。

鈴香の親の会社が倒産したあの日、動揺する鈴香を守ってやろうとしたのに、必要ないと拒《こば》まれたのは、今でも雅洸にとって苦い記憶だ。

「なあ、鈴香って恋人いないよな？」

鈴香が自分との結婚に応じない理由は、そこにあるのかもしれない。

今まで深く考えないようにしていたが、年齢的に恋人がいてもおかしくない。それなら結婚を頑《かたく》なに拒《こば》むことにも納得がいく。

「はあ？　知らないよ。本人に聞けよ」

「そんなの、間抜けすぎて聞けるか……」

それが出来るなら、とっくにそうしている。

『許嫁《いいなずけ》』という言葉だけで繋がっていた自分たちの間には、恋愛感情のようなものはなかったので、今さらそんなことを聞くのはためらわれた。

しかも鈴香のほうは、婚約を解消したつもりでいたみたいだ。

雅洸自身、歳の離れた許嫁《いいなずけ》のことなど深く考えずに、他の女性との恋愛を楽しんだ時期がある。

だからもし今、鈴香に自分以外の恋人がいたとしても、責められる立場ではない。

とはいえ、鈴香の口から恋人がいると言われて、すぐに結婚を諦められるような状態でもない。

――最悪の場合、この俺が「他の男と別れてください」と頭を下げるのか……

冗談じゃない、と雅洸は歪《ゆが》んだ口元を手で覆《おお》った。

「雅洸って、本気で鈴香のこと好きなのか？」

「……なにを今さら」

そうでなければ、こんなに強引に結婚話を進めようとするわけがない。

雅洸だって、鈴香との結婚がハナミヤ産業を自社の傘下《さんか》に収めるための政略結婚だったことは承知している。だから結婚は鈴香として、物足りなくなったら外に女でも作ればいい……くらいに思っていた。

ハナミヤ産業が倒産した今、鈴香には、正直なんの経済的価値もない。それでも鈴香と結婚したいと思う理由は、愛情以外の何物でもない。

そう言い放つ雅洸に、尚也が「なんだ。同情してるだけかと思った」と、笑う。

「同情？」

「そう。家が没落した鈴香がかわいそうだから、結婚して養《やしな》ってあげる。……そんなスタンスで結婚して、好き勝手に浮気する気でいるのかと思ってた。鈴香も立場上、文句を言えないだろうし」

「まあ……その発想が、なかったわけでもないけどな」

雅洸はあっさり認める。

昔の鈴香は、毒にも薬にもならない、無味無臭のお人形のような少女だった。

年を追うごとに綺麗になっていくから、妻として連れて歩くのには悪くない。その程度にしか思っていなかったのは事実だ。

ハナミヤ産業の倒産を知ったあの日、鈴香に結婚を申し出たのも、同情の気持ちが強かったからだ。さっき尚也が口にしたような打算もあった。

でもあのとき、楽なほうに流されることなく、それは間違っていると婚約破棄を申し出た鈴香。その強さに、雅洸は目が覚めたのだ。

目の前にいる女の子はお人形などではなく、強い意志を持った女性なのだと気が付いた。

そしてそのとき初めて、本当の意味で鈴香を自分のものにしたいと思ったのだ。

あれから五年。メールのやり取りしかしていなくとも、鈴香が苦労しながら自分の人生を築き上げていく様子が伝わってきた。

何気ない会話から垣間見《かいまみ》える、鈴香の前向きさにも惹《ひ》かれるようになっていた。

「昔のお前って、鈴香のこと、妹か子分くらいにしか思ってなかったよな?」

「妹か子分って……。妹はともかく、子分は鈴香に失礼だろう」

「でも、正直そんな感じだっただろ?」

「まあな。……この年齢差で、当時の鈴香を本気で好きだったら、それはそれでヤバイだろ」

そう苦笑いする雅洸に、尚也は「確かに」と、うなずく。

「なるほど。でも今は、鈴香のことを女として見てるわけだ」

「まあ……」

ニヤつく尚也から視線を逸《そ》らしつつ、雅洸はグラスを傾けた。そんな雅洸の顔をのぞき込み、尚也はなおもニヤニヤと笑う。

「それなら、ちゃんと鈴香に口で『愛してる』って言ってやれよ」

「はあっ？」

尚也のアドバイスに、雅洸は思わず素《す》っ頓狂《とんきょう》な声を上げる。そして「ありえないだろ」と言って髪をかき上げた。

「なんで？」

「そんな恥ずかしい台詞《せりふ》、今さら言えるわけないだろ。何年前から婚約してると思ってるんだ？」

「二十年くらい前からだな。……それだけ長いこと惰性《だせい》の付き合いが続いているからこそ、逆に言わなきゃ伝わらないんだよ」

「なんで？」

「女は、そういう生き物だからだ」

「……」

「女性の多い職場で働いてる俺が言うんだから、間違いないよ」

そう請《う》け合う尚也に、雅洸は露骨《ろこつ》に眉をひそめた。

「必要ない！　女は勘《かん》のいい生き物だから、一緒にいればそのうち気付くだろう」

「なにを根拠に言ってるんだ？」

「浮気は隠してもバレるのに、愛情は言葉にしないと伝わらない。……そんな不条理な話があるか」

「ああ……確かに」

なにか思い当たることがあるのか、尚也も天井を仰《あお》ぎつつ認める。

「時間をかけて接していれば、言葉がなくても伝わるよ」

そう断言する雅洸に、尚也は「言ったほうがいいと思うぞ」と、さらに忠告する。だが雅洸の性格を知っているので、それ以上強要はしなかった。

「まあ、うまくいくことを祈ってやるよ」

と、軽くグラスを持ち上げて、雅洸の健闘を祈る。そんな尚也に、雅洸は強気な笑みを返した。

「問題ない」

「なにか策があるのか？」

「もうすでに手は打ってある」

家の前で待ち伏せしていても、エレベーターまでの間に話すだけでは、こっちの気持ちは伝わらない。もう少し距離を縮めなければ。

「長期戦で行くつもりなのか？」

「鈴香が承諾《しょうだく》すれば、今すぐにでも結婚したいがな」

「なんだ、結婚を焦っているのか？」

「別にそういうわけではないが、呑気《のんき》に構えていて他の男に取られたら嫌だろ？」

「……」

雅洸の答えに、尚也は呆れた様子で溜息を吐《つ》いた。そして、それならやはり自分のアドバイスに従うべきだと、もう一度忠告する。

だが雅洸は、その意見に耳を貸さなかった。

◇◇◇

「雅洸さんがうざいんですけど」

居酒屋で最初のビールに口を付けた鈴香は、ジョッキを乱暴にテーブルに置いた。そして向かいの席で苦笑いする尚也に「どうにかして！」と訴える。

「ああ、やっぱそのことか」

同じくビールに口を付けた尚也が、コクリと喉《のど》を鳴らしてうなずく。

尚也が雅洸と会ってから二週間弱。鈴香に「愚痴《ぐち》を聞いてほしい」と呼び出された段階で、その内容が想像出来ていた。もっとも、鈴香はそんなことを知りはしないのだが。

口元に付いた泡を指で拭《ぬぐ》った尚也は、へらりと笑って見せた。

「俺にどうにか出来るわけないじゃん。雅洸が俺の意見に耳を貸すような性格だと思うか？」

「まあ、そうなんだけど……」

尚也以上に雅洸の性格を熟知している鈴香が、悔しげな顔で認める。

それでも他に愚痴《ぐち》を言う相手もいないので、ついつい久しぶりに会った尚也に恨《うら》み言をぶつけてしまう。

「だって帰国してから半月、毎日贈り物をしてきたり、時間を作って会いに来たり……」

エレベーターでのキス以来、鈴香も警戒しているので、不意打ちのキスをされるようなことはなくなった。だがそれでも、毎日のようにマンションの前で待ち構えては、鈴香に結婚を迫ってくる。

尚也にキス云々《うんぬん》の話までする気にはなれないので、その代わりに鈴香はもう一度「とにかくうざいんです」と言った。

「雅洸の奴、一度決めたらとことんのタイプだからな」

「そのエネルギーは、仕事だけに使えばいいのに。雅洸さん、私に構ってる暇あるのかな？　実は、仕事が暇だとか？」

唸《うな》る鈴香に、尚也が「いいところに気が付いたな」と人差し指を振る。

「雅洸はメチャクチャ忙しいよ。あの若さでＩＮＳの開発本部長に抜擢《ばってき》されたんだから、暇なわけないだろう？」

「やっぱりそうだよね……」

鈴香には細かいことはわからないが、豊寿の強い推薦による異例の大抜擢《だいばってき》で、責任も仕事量も半端なものではないらしい。

――なんかストレス溜まりそうなポジションだよね。

自社の開発部の人たちの愚痴《ぐち》を思い出し、雅洸に若干《じゃっかん》の同情を寄せる。そんな鈴香に、尚也が探るような視線を向けてきた。

「なあ。鈴香は、雅洸がなんで忙しい時間をやりくりしてまで、お前に会いに来るんだと思う？」

「……さあ？」

鈴香が首をかしげると、尚也が「考えてみろよ」とヒントを挙げていく。

「あいつは婚約破棄の申し出を受けても、お前との結婚を諦めていない。忙しいのに、わざわざお前に会いに来る。そしてお前の冷たい態度を気にする様子もない。……それはどうしてだと思う？」

「どうしてって……私に断られて、ムキになってるんじゃないかな？」

鈴香の回答に、尚也が「ほ～ら！　やっぱり伝わってない」と笑い声を上げた。

「伝わる？　なにが？」

意味がわからない。そう眉を寄せる鈴香に、尚也は手で口を覆《おお》いながら「なんでもない」と答えた。手で隠してはいるが、笑っているのは明白だ。

「なんか感じ悪いんですけど……」

不満げな鈴香に、尚也が「じゃあ、もう一つヒントをあげよう」と人差し指を立てた。

「雅洸は、癒《いや》しを求めているんだよ」

「癒《いや》し……？」

確かに雅洸の役職のことを思えば、癒《いや》されたい気持ちにもなるだろう。イライラも溜まりそうだ。

鈴香は少し考え込み、ハッと気付いて尚也を見た。

「わかったっ！　雅洸さん、私に絡むことでストレス発散してるんだわっ！」

「……はい？」

想定外の解釈だったらしく、尚也が目を丸くする。

「私の困る顔を見て、日頃の鬱憤《うっぷん》を晴らしてたんだ」

それなら連日の贈り物にも、執拗《しつよう》なプロポーズにも、あの不意打ちのキスにも納得がいく。

全ては鈴香を困らせて、その反応を楽しむためのものだったのだ。

自分のストレス発散のために、乙女の唇を奪うとは許せない。

「最低……」

と、鈴香は低く唸《うな》る。

「……お前、愉快な思考回路をしているな」

呆れる尚也の前で、鈴香は握り拳《こぶし》を作った。

「雅洸さんなんかと、絶対に結婚なんてしないんだからっ！」

鈴香の宣言を受け、尚也は店内に笑い声を響かせた。

ひとしきり笑った彼は、頬《ほお》をさすりながら言う。

「お前たち、無駄に距離が近すぎるんだよ」

「近いって……ずっと離れてたけど？」

なにせ雅洸は、この五年以上海外にいたのだから。

しかし、尚也は鈴香の意見を否定する。

「そうじゃなくて、『子供の頃からの婚約者』ってことで、心の距離が近すぎるんだよ。雅洸のこと、昔の印象のまま見てるだろ」

「……」

「雅洸の友人としては、そういう色眼鏡《いろめがね》なしで、あいつのことを評価してやってほしいんだけどな」

「……絶対にヤダっ」

しばらく考えて、鈴香はそう返した。

雅洸の目には、鈴香のことが昔のままの頼りない子供に見えている。それなのに、自分だけ雅洸のことを改めて評価するなんてしたくない。

尚也は「なかなか前途多難だな」と言って、自分の前髪をかき上げた。

4 嵐が来る

オフィスから窓の外を見ると、空一面を覆《おお》いつくす重い雨雲が目に入った。鈴香は朝のニュースが台風の接近を伝えていたことを思い出す。

だが、今朝は慌ただしく支度をしていたので、ニュースの内容を正確には記憶していない。

「台風、上陸するんですかね？」

鈴香の声に、隣の席の千夏が顔を上げた。

「東京《とうきょう》は逸《そ》れるみたいだよ。それでも夕方から雨が結構降るみたいだけど」

「じゃあ、今日は早く帰ったほうがいいですね。電車が止まると大変だから」

明日に回してもいい仕事はどれだろう。……そう考えながらスケジュール帳を睨《にら》んでいた鈴香は、ふとあることに気付いた。

――そういえば、最近雅洸さんが現れない。

雅洸が帰国して一ヶ月。鈴香のマンションの前で待ち伏せては結婚を迫ってきていた彼が、最近姿を見せていない。

――しばらく仕事が忙しいって、メールには書いてあったけど……

鈴香自身、刑部率《ひき》いるミズモトとの打ち合わせが忙しくて、あまり気にしていなかった。だが、よくよく考えてみれば、雅洸の姿を見なくなってからもう一週間は過ぎている。

――うっとうしかったはずなのに、来なければ来ないで気になるかも……

いつの間にか、雅洸に毒されてしまっている。そのことを恨《うら》めしく思いつつも、気になるものはしょうがない。

――一回、電話でもしてみようかな？

そんなことを思っていると、デスクで誰かと電話していた部長が、鈴香のもとへ足早にやってきた。

「なんですか？」

慌てて姿勢を正す鈴香に、部長はこの前相談した仕事が正式に動き出すことになったと告げた。

さらに、「取引先の担当者が今来ているので、自分はこれから挨拶《あいさつ》に行く。手が空いていたら花宮君も来るように」と言う。

この前相談した仕事――というのは、佐々木が自分を抜擢《ばってき》してくれた仕事のことだ。

その信頼に応《こた》えるべく頑張らねば。

鈴香は心の中で自分を鼓舞《こぶ》しつつ、部長に続いて応接室へと向かった。


応接室に入った直後、鈴香はすぐさま退室してしまいたい衝動に駆られた。

「花宮君、どうした？」

入り口で立ち尽くす鈴香に、部長が怪訝《けげん》な視線を向ける。

「……いえ。……なんでもありません」

鈴香はそう声を絞り出して、応接室のドアを閉めた。目の前には佐々木と、取引先の担当者であろう二人の男性が座っている。

「彼女が、この案件を担当させていただく営業部の花宮です」

部長の紹介に合わせて頭を下げてからも、鈴香の視線は自分の向かいに立つ雅洸に釘付けになっていた。

――なんで雅洸さんがここにいるのよっ！

睨《にら》む鈴香の視線を涼しく受け流した雅洸は、すっと立ち上がり、スーツの内ポケットから名刺を取り出す。

「ＩＮＳ株式会社、開発本部長の伊ノ瀬雅洸です」

「同じくＩＮＳ株式会社、開発部の安原《やすはら》と申します」

そう言って、雅洸の隣にいる男性も名刺を取り出した。

歳は雅洸よりいくらか上だろう。目の下のくまのせいか不機嫌そうな印象を受ける。

――しまった、出遅れた。

そう反省しつつ、鈴香も自分の名刺を取り出し、雅洸と安原に挨拶《あいさつ》する。

「初めまして。荻野ガラス営業部の花宮鈴香です」

『初めまして』に力を入れる鈴香をクスリと笑って、雅洸は「頂戴《ちょうだい》いたします」と名刺を受け取った。

安原も同様に鈴香の名刺を受け取ると、吐き捨てるように呟《つぶや》く。

「こんな重要な案件を、女性に任せるんですね」

――あ、男女差別。

内心面白くない鈴香の隣で、佐々木が緊張した様子で口を開く。

「仕事は、信頼出来る者に任せます」

――人と話すのが苦手な佐々木さんが、頑張ってフォローしてくれた。

それだけで十分頑張れる。気を取り直して、鈴香は頭を下げた。

「至らないところもあるとは思いますが、よろしくお願いいたします」

そんな鈴香の言葉に続いて、雅洸が「営業の人に間に入ってほしいと頼んだのは、我が社のほうだ」と安原にやんわり釘を刺す。

「……」

どこか不満げな様子を見せつつも安原が頭を下げたので、そのまま仕事の打ち合わせへと入っていった。


それから一時間、雅洸の会社との打ち合わせが続いた。

打ち合わせを終え、雅洸と安原を玄関まで見送ろうとしたが、雅洸がそれを断った。その言葉に甘えて二人をエレベーターホールで見送ると、鈴香は大きく肩を回す。

――疲れた……

「湯呑み、片付けてから戻ります」

佐々木と部長にそう告げて、鈴香は応接室に引き返した。

応接室に入ると、ふと窓の外が気になり、鈴香は窓辺に歩み寄って空を仰《あお》いだ。まだ雨は降り始めていないが、空に立ち込める雨雲は、さっきよりも重苦しい色をしている。

――あ、雅洸さんだ。

視線を落とすと、ロータリーの端に設置されている喫煙所に、雅洸の姿を見つけた。

彼は目を伏せてタバコを吸うと、顔を上げ、白い煙をゆっくり吐き出す。瞳にカメラのズーム機能が備わったのかと思うほど、その姿がはっきりと見えた。

タバコをくゆらせる雅洸は、鈴香の知らない静かな雰囲気をまとっていた。

――打ち合わせのときの雅洸さんも、私の知らない顔してた。

さっきまで雅洸が座っていたソファーに視線を移し、仕事の話をする彼の顔を思い出す。

最初は、新手の嫌がらせかと警戒した。でもどうやら本気で仕事の話をしに来たらしく、鈴香にちょっかいを出してくることもなく、いたって真面目に話をしていた。

初回の顔合わせということで、込み入った話はしていないが、こちらもいくらかガラスに関する専門的な説明をさせてもらった。

雅洸は穏やかな表情で佐々木の説明に耳を傾け、気にかかった言葉があればすかさず佐々木に質問して、資料にメモをとっていた。

佐々木が口下手なことも察してくれたらしく、決して急《せ》かすことなく、落ち着いた態度で彼の話を聞いてくれたのだ。

プライベートでの雅洸しか知らない鈴香としては、てっきり創業者一族の威光《いこう》を笠《かさ》に着ているものと思っていた。もっとやんちゃで暴君な働き方をしていると想像していたので、そのギャップには驚きを隠せない。

――佐々木さんが言葉に詰まるたびに、舌打ちしてた安原さんとは大違い。

打ち合わせ中、安原の足を蹴飛ばしてやりたいと何度思ったことか。

そんなことを考えながら湯呑みを片付けようとしたとき、ソファーの隙間《すきま》になにかが挟まっていることに気付いた。

雅洸たちが座っていた側の、座面と背面の間から、小さな銀色のものが頭をのぞかせている。

「……？」

不思議に思いながらソファーの隙間《すきま》に指を入れ、それを取り出してみた。親指程度の大きさのそれは、鈴香もよく知っているものだった。

「ああ、ＵＳＢだわ」

念のためキャップ部分を外して確認する。確かにＵＳＢメモリーだ。

鈴香も仕事で情報管理に使っているが、先ほどの打ち合わせで使う場面はなかった。なぜこんなところにあるのかわからない。

不思議に思いながら、誰のものだろうかと銀色のＵＳＢメモリーを裏返すと、隅《すみ》にＩＮＳのロゴマークと、アルファベットで雅洸の名前が刻印されていた。

「忘れ物かな？」

なにかの拍子に鞄《かばん》からこぼれ落ちた。そう思うには、ずいぶん不自然な場所にある。

――まさか、雅洸さんから私への悪戯《いたずら》？

さっきの雅洸の様子を思い出すと、仕事の最中にそんなことはしない気がする。

もう一度窓の外を確認してみるが、そこにはもう雅洸の姿はなかった。

誰もいなくなった喫煙所をぼんやり眺める鈴香を窘《たしな》めるように、窓ガラスに大きな雨粒がぶつかる。とうとう雨が降り出したようだ。

「後で電話して本人に聞いてみよう」

鈴香はＵＳＢメモリーをポケットにしまい、湯呑みをお盆に載せた。

◇◇◇

朝からずっと重く垂れ込めていた雲は、堰《せき》を切ったように大粒の雨を降らし始めた。徐々に風も激しくなり、鈴香が会社を出る頃には、雨が横なぐりに降りつけていた。

「最悪……」

マンションのエントランスに駆け込んだ鈴香は、恨《うら》みがましい表情で傘を閉じた。傘はほとんど役に立たず、髪からもスーツからも、ぼたぼた雨水が滴《したた》ってくる。

それでも電車が止まらなかったのはラッキーだ。そう自分を慰《なぐさ》めて、エレベーターに足を向けたとき、「おかえり」と聞き慣れた声が聞こえた。

「――っ！」

驚いて振り返ると、柱の陰から雅洸が姿を見せた。

「雅洸さん……車は？」

外にいつもの高級車が停まっていなかったから、雅洸がいることなど想像もしていなかった。そう驚く鈴香に、雅洸が答える。

「ここまで送らせてから、運転手は帰らせた」

――帰らせた……？

まさか鈴香の了承も得ず、勝手に泊まるつもりでいるのか。そう怒りかけた鈴香に、雅洸が続ける。

「こんな天気なんだから、早く帰してやらないと運転手が気の毒だろう。お前、いつ帰ってくるかわからないし」

屋根の下にいても、吹き込んだ雨でスーツが多少は濡れたらしい。雅洸が不満げにスーツの裾《すそ》を示してから、鈴香に小さな紙袋を差し出す。

「なんですか？」

「土産《みやげ》だ。昨日まで仕事で台湾《たいわん》に行ってた」

なるほど、それでしばらく姿を見なかったのか。

「……」

つい受け取ってしまった袋の中身を気にする鈴香に、雅洸が「百グラム五千円クラスの烏龍茶《ウーロンちゃ》だ」と明かす。

「いい茶葉ですね」

もともとは裕福な育ちの鈴香なので、値段を聞けば、味のレベルに察しが付く。久しく口にしていないランクの茶葉に、喉仏《のどぼとけ》が微《かす》かに上下してしまう。

――お茶は値段によって味が全然違うよね。……まあ、ウニもイクラもお肉もおんなじだけど。

「お茶好きだろ？」

「ええ、まあ……」

うなずく鈴香に、雅洸が得意げな顔をする。

「俺はちゃんと、鈴香が好きな物を把握しているからな」

「……？」

なにを言っているのだろうと首をかしげる鈴香に、雅洸が「花だって、鈴香が好きだと知ってたから贈ってたんだぞ」と付け足す。

どうやら以前、立て続けに花を贈られた鈴香が怒ったことを、彼は気にしているようだ。

「ああ……」

――普段強気なくせに、変なことを気にするなぁ……

思わずクスリと笑ってしまう鈴香に、雅洸が「だから、ほら」と大人しく受け取るよう促《うなが》してくる。

「前も言ったと思うけど、雅洸さんから物を贈られる筋合いは……」

「返すなよ。返されても、俺は面倒くさくて自分でお茶なんか淹《い》れないから、ゴミになるだけだ。もったいないぞ」

「うっ……」

突き返そうとした鈴香だが、雅洸の発言を聞いて言葉を呑み込む。

確かにそれはもったいない。捨てられてしまうくらいなら、もらってしまおう。

誘惑に負けた鈴香は、素直に受け取るのが気恥ずかしくて、ごまかすように聞いた。

「これを渡すために、待っていたんですか？」

雅洸は、いつも上がり気味の眉をわずかに下げる。

「それと、お前に謝りたくて待ってた」

「謝る？」

「今日安原が、鈴香にずいぶん失礼なことを言っただろ」

その言葉で、安原の男尊女卑《だんそんじょひ》な発言のことを言っているのだとわかった。

「ああ……働いていると、ときどきはああいう人に会いますよ。言葉や態度で人の気持ちを逆撫《さかな》でしたがる人。……そういうのに傷付いたり、イライラしたりしている時間も寿命のうちだと思うともったいないから、気にしないことにしています」

ムカつかないわけではないが、いちいちムカついていては、こっちの身がもたない。仕事が忙しいのだから、そんなくだらないことで体力を消耗させている暇はない。

「寿命……また面白いことを言うんだな」

雅洸が、目尻に皺《しわ》を寄せてクシャリと笑った。

その笑顔を見て、ああこれが自分の知っている雅洸の顔だと、思わずホッとする。

そんな鈴香に、雅洸が「仕事、本当に頑張っているみたいだな」と付け足してくる。

「え？」

「あのとき、佐々木さんがとっさにお前のことを庇《かば》っただろ？　取引先の前であああ言えるって、お前の仕事ぶりを評価している証拠じゃないか」

「……」

――やばいっ！

いつも子供扱いしてくる雅洸に褒《ほ》められると、素直に嬉しくなってしまう。

嬉しすぎて顔に出ていないかと頬《ほお》を触る鈴香に向かって、雅洸が軽く手を上げた。

「じゃあ、用が済んだから帰る」

「え？　どうやって？」

運転手付きの車はない。

「駅まで出てタクシー拾うか、最悪、電車だな」

――雅洸さん、電車の乗り方知ってるんだ。

そんな、どうでもいいところに感心してしまう。加えて、鈴香に一言謝るためだけに待っていてくれた雅洸の律儀《りちぎ》さに、思わず笑ってしまった。

「なに笑ってる？」

「なんでもないです。でも……」

「ん？」

「せっかく美味《おい》しいお茶もあることだし、少し雨宿《あまやど》りしていきませんか？　その間にマンションの前までタクシーを呼べばいいですよ」

さっきよりも雨足が強くなっているのに、雅洸は傘すら持っていない。せっかく鈴香のためにここまでしてくれた彼を、このままずぶ濡れで帰すのは申し訳ない気がする。

「なんだ？　誘ってるのか？」

「――っ」

油断すると、すぐにこれだ。

鈴香は怖い顔で威嚇《いかく》しながら「お茶を出すだけです。飲んだら帰ってくださいっ！」と吠えた。

「それに、雅洸さんに聞きたいこともあるんです」

「はいはい。了解」

そう答えつつ、雅洸が意味ありげにニンマリ笑う。

「なんですか？」

「いや。なんとなく、距離が縮まったなと」

そんな笑い方をされると、雅洸がまたなにか悪巧みをしていそうで不安になる。

「お茶を飲んだら、ちゃんと帰ってくださいね」

鈴香はもう一度念を押して、エレベーターのボタンを押した。


雅洸を招き入れ、私服に着替えた鈴香は、ダイニングテーブルでお茶を淹《い》れた。

「なんか、斬新だな」

雅洸が感心したように感想を漏らした。

彼は椅子《いす》に腰を下ろし、スーツのジャケットをその背もたれにかけた。ネクタイを外し、シャツのボタンをいくつか開けた雅洸は、いつもより少し若く見える。

しかも、やけにテンションが高い。

そんな雅洸に、鈴香は「うるさいです」と返した。

それなのに雅洸は、なおも言葉を続ける。

「いや。百グラム五千円の烏龍茶《ウーロンちゃ》を淹《い》れるのに、日本茶用の急須《きゅうす》と湯呑みを使う人を初めて見た。……まあ確かに原料は同じ茶葉だから、合理的といえば合理的な方法だ」

「だから、うるさいってばっ！」

昔ならいざ知らず、今の鈴香の部屋に中国茶用の茶器セットがあるわけもなく、日本茶用の急須《きゅうす》で淹《い》れただけなのだ。だからそこには触れてほしくない。

――いっそのこと、紅茶用のティーポットで淹《い》れてやればよかった。

「美味《おい》しいお茶は、どんな器《うつわ》で飲んでも美味《おい》しいです。……余裕があるなら茶器を揃《そろ》えたほうがいいですけど、とりあえずは美味《おい》しく味わうことが大事なんです」

「なるほど」

なんかバカにされている気がする。鈴香は、むくれながらお茶を雅洸の前に置いた。

そして、ずっとしたかった質問を雅洸に投げかける。

「雅洸さん、なんでうちの会社にいたんですか？」

その問いに、雅洸がニヤリと笑う。

「鈴香に会いたいからに決まってるだろ」

「……っ」

鈴香が冷ややかな視線を向けると、雅洸が「半分は冗談」と、軽く手をヒラヒラさせた。

「新しいプロジェクトにふさわしい、優秀なガラスメーカーを探していたんだ。それも、出来れば今まで我が社との付き合いがない会社が望ましかった」

「……なんで？　取引先とトラブルでもあったんですか？」

「別にトラブルがあったわけじゃないよ。でも今仕事を任せている会社は、うちの系列企業で、どうしても身内の甘えが仕事に出る。……今回の仕事は、そういった甘えのない企業に任せたかったんだ」

「そんなに難しい仕事なんですか？」

「それもあるけど、それ以上に、少しずつでいいから会社の体質改善をしたいと思っててね」

「会社の体質改善？」

「そう。今の我が社は、身内贔屓《びいき》が強すぎる。伯父さんは、身内のほうが信用出来るって考えてるみたいだ。だけど俺としては、技術革新が著《いちじる》しいこの時代に、切磋琢磨《せっさたくま》し合うことを忘れるのは危険だと思う。正直、自分の力に自信のある社員からは、伯父さんの方針に不満の声も上がっているんだ」

雅洸の言う伯父さんとは、ＩＮＳの次期社長と噂《うわさ》されている伊ノ瀬豊寿のことだ。伊ノ瀬一族の中でも、特に強い発言力を持っていると聞く。

鈴香を雅洸の許嫁《いいなずけ》に、と勧めたのも彼だ。

「雅洸さん、ちゃんと仕事してるんですね」

素直に感心する鈴香を、雅洸が「当たり前だろう」と軽く睨《にら》んだ。

「まあそんなわけで、今回のプロジェクトに必要なガラス加工が出来る会社を探していて、ふと荻野ガラスのことを思い出したんだ。鈴香が就職したときに、会社概要には一通り目を通してあったからな」

「なんで？」

「気になったから」

驚く鈴香に、雅洸がサラリと答える。

「自分の婚約者が就職する会社なんだ。当たり前だろ」

「……」

だから、その婚約は解消したはずだ。鈴香が目を細める。

てっきり帰国を機に鈴香に絡んできたのだろうと思っていたけれど、雅洸はどうやら本当に、鈴香のことをずっと気にかけていたらしい。

「……で、私がそのプロジェクトに参加しているのは偶然ですか？」

「半分は」

雅洸がニンマリ笑う。

「半分？」

「鈴香が営業部にいることは知っていたから、佐々木さんに『優秀な営業を一人加えてほしい』と提案してみた。……で、選ばれたのがお前だ」

「えっと……」

雅洸に指を差されて、鈴香は戸惑う。

「仕事を頑張っているのはわかってたから、お前が選ばれると信じてたよ。鈴香、やっぱり優秀なんだな」

「……」

雅洸の言葉を、どこまで信じていいのだろう。それはわからないけれど、頬《ほお》が熱くなるのが抑えられない。

「それって、公私混同ですよ」

照れ隠しに、鈴香は憎まれ口を叩いた。

「俺は忙しいんだ。そのくらい許されてもいいだろう？　鈴香と新しい取引先、その両方がいっぺんに手に入ってラッキーだよ」

楽しそうに言う雅洸が憎らしい。

「私は、手に入ってませんよ」

「これから手に入れるんだよ」

——この自信はどこから来るんだろ？

そう呆れつつ、鈴香は釘を刺す。

「とにかく仕事中は、私とは無関係なふりをしてくださいよ。仕事とプライベートは分けたいんです」

「ほう。仕事中は……ということは、それ以外の時間は俺と関係を深める気になったのか？」

「……」

だから、なんでそうなる。

突っ込む気にもならないが、ここは我が身のため、しっかり約束してもらわないと困る。

「私の過去のことは、部長たちに絶対言わないでくださいよ」

「鈴香の過去？」

「私の家のことや、学校のこと。それに、雅洸さんの許嫁《いいなずけ》だったことも」

もちろん履歴書には嘘のない経歴を書いたが、普段同僚に家族や出身校のことを聞かれたら「両親は仕事の都合で地方に引っ越した」「学校は言うのも恥ずかしいようなところだから」と言ってごまかしてきた。今さら、真実を知られるわけにはいかない。

――別に、嘘を吐《つ》いてるわけじゃないんだけど……

事業に失敗した両親は都落《みやこお》ちこそしたが、地方の街で元気に過ごしている。学校も、今の鈴香とのギャップがありすぎて恥ずかしいので、嘘ではない。

「わかった。鈴香が許嫁《いいなずけ》だってことは、黙っておいてやるよ」

「許嫁《いいなずけ》」と「元許嫁《いいなずけ》」では、全然意味が違う。訂正しようとする鈴香に、雅洸がニンマリ微笑む。

「今も婚約者だってことを黙っておくのと、今すぐ結婚式の準備を始めるの、どっちがいい？　式を挙げるなら、部長や佐々木さんを招待しなくちゃならないな」

「うっ……」

これ以上抵抗したら、もっと面倒くさいことを言い出すに決まっている。そう判断した鈴香はうなだれながら、「黙っておいてください」とお願いした。

「承知した」

そう答えた雅洸は、鈴香が聞香杯《もんこうはい》のつもりで使った細長い湯呑みを手にする。中国茶では、まず聞香杯《もんこうはい》にお茶を注《そそ》ぎ、それを茶杯に移した後に残った香りを楽しむのだ。

一応、茶杯代わりに小さな湯呑みも置いておいたのだが、雅洸はそれを無視してそのまま飲み干した。

そして空《から》になった湯呑みの匂いを確認して、「なかなかだな」と短く感想を述べる。

――作法をふまえる気が、あるのかないのか……

雅洸の何気ない行動がおかしくて、鈴香は笑いをこらえた。

自分が子供だった頃、雅洸は完璧な大人に見えていた。でもこうして、自分がある程度の年齢になってみると、雅洸の行動はどこかずれていて面白い。

「あ、そうだ雅洸さん」

鈴香は立ち上がり、仕事用の鞄《かばん》からＵＳＢメモリーを取り出した。そして、それを雅洸の前に置く。

「これは？」

「うちの応接室のソファーの隙間《すきま》に落ちてました。雅洸さんの名前が入ってたから、そのまま私が持っていたんですけど……」

ＵＳＢメモリーを手にする雅洸に、鈴香は「違いました？」と首をかしげた。

不安になる鈴香に、雅洸が「いや。俺の物で間違いない。ただ……」と手で口元を覆《おお》う。

「これは以前、ＩＮＳ創業何周年だかの記念に社員全員に配った品だ。俺は使わずデスクの引き出しの中に入れてあったはずなんだが……」

「使ってないんですか？」

じゃあ、なんで鈴香の会社のソファーに……

訝《いぶか》しがる鈴香に、雅洸は「だって、会社のロゴと自分の名前入りなんて、恥ずかしすぎるだろ」と、ＵＳＢメモリーを指先でつまんで振ってみせた。

「これ、伯父さんのセレクトなんだけど、なんでもかんでも名前入れたがるセンスってどう思う？」

「どうって……なくしたときに見つかりやすくていいんじゃないですか？」

――いや。私が聞きたいのは、そういうことじゃない。

そう思いつつ答える鈴香に、雅洸がニンマリ笑う。

「さすが鈴香。お利口さんだ」

雅洸は、ＵＳＢメモリーを軽く投げ上げてキャッチした。

「……またそうやって、子供扱いする」

「褒《ほ》めたんだよ。……そんなことより、この中身見た？」

「まさか！　雅洸さんの会社の大事な情報でも入ってたら困るでしょ」

慌てて返す鈴香を、雅洸が「やっぱり、鈴香はお利口さんだ」とまたからかってくる。

むくれる鈴香をよそに、雅洸は何やら物思いにふけっていた。

その表情は、喫煙所でタバコをふかしていたときのそれに似ている。

「……」

――なんか嫌だな。

鈴香が疎外感のようなものを覚え、居心地の悪い思いで雅洸の顔を見つめていると、不意に彼が
「タクシー捕まるかな?」と呟《つぶや》いた。

そして背もたれにかけてあったスーツのジャケットを取ると、その内ポケットにUSBメモリーをしまい、代わりにスマホを取り出す。

でも、どうやら台風のせいでタクシーが出払っており、すぐには手配が出来ないらしい。

「最悪、電車で帰るか。その前に会社に戻って、確認したいこともあるし……」

雅洸が立ち上がり、ダイニングと続き間になっているリビングのカーテンを開けた。鈴香のいる場所からでも、窓に大粒の雨が叩き付けられているのが見えた。

「電車、動いてますかね?」

「さあ? なんとかなるだろ」

雅洸はさして気にする様子もなく、ジャケットを羽織《はお》る。

――このまま帰して大丈夫かな? 電車もタクシーもなくて、雨の中、ホテルを探し回るなんてことにならないかな?

雅洸は鞄《かばん》を手に玄関へと向かうが、その後を追う鈴香は心配になってくる。

そしてつい、靴を履く雅洸に、こう言ってしまう。

「なにもしないって約束するなら、泊まってもいいですよ」

「——っ」

雅洸の驚く顔を見て、鈴香のほうが恥ずかしくなる。

視線を落とし、雅洸のスーツの裾《すそ》をつかんだ。

「変な意味じゃなくて、幼なじみとして心配だから。……雅洸さん、仕事が忙しそうだし、風邪とかひくと会社の人も困るだろうし……」

そう話す鈴香の頭に、雅洸の大きな手が置かれた。そしてそのまま、鈴香の艶《つや》やかな髪を撫《な》でる。

雨で濡れた髪はまだ湿っているけれど、彼の指の動きに合わせてサラサラと揺れた。

『もし大人扱いしてほしいなら、こんな髪型してきちゃ駄目だ』

昔の雅洸の言葉が蘇《よみがえ》り、鈴香は緊張してしまう。

そんな鈴香の髪を撫《な》でながら、雅洸がささやく。

「鈴香、お前……相変わらず子供だな」

「——はい？」

雅洸のしみじみとした声に、鈴香は怒って顔を上げた。その瞬間、雅洸が鈴香の髪を指に絡め、もう一方の手で鈴香の頬《ほお》を捕らえた。

雅洸の鞄《かばん》が床に落ちる。その音に驚く鈴香の唇を、雅洸が奪った。

強引に鈴香の唇をこじ開けて、舌が口内へと押し込まれる。

慌てて雅洸の胸を押しても、鈴香の力ではどうすることも出来ない。

もがく鈴香の舌を、雅洸の舌が強く押さえ付けてくる。それを押し出そうと鈴香が舌に力を込めると、雅洸の舌がなだめるように優しく絡み付いてきた。

「…………っ…………くぅっ」

ねっとりと愛撫《あいぶ》してくる舌に、鈴香の思考が停止しそうになる。

淫《みだ》らに蠢《うごめ》く雅洸の舌は、頬の内側の粘膜《ねんまく》を撫《な》で、舌の付け根を刺激してくる。雅洸の舌のザラつきを感じて、鈴香はぞくりとした。

圧倒的な経験値の違いを見せ付けるような口付けに、鈴香はただ身をまかせることしか出来ない。

荒っぽさと優しさがまぜこぜになった雅洸の口付けに、膝《ひざ》から力が抜けそうになる。

それを必死にこらえていると、不意に雅洸の唇が離れた。

「なにもしないわけないだろ。男の欲望をなめるなよ」

雅洸が腕を壁に突いて鈴香の逃げ場を奪い、今度は耳を噛んでくる。クチュクチュと鼓膜《こまく》を音で犯され、息が上がっていく。

「……ぁっ……………はぁ……っ」

ようやく雅洸の唇から解放されたとき、思わず熱い吐息が漏れてしまった。

――また急にこういうことをするっ！

下手に反応すると、雅洸にからかわれてしまうかもしれない。

警戒して無言になる鈴香の顔を、雅洸がのぞき込む。その目つきが鋭くて、鈴香を緊張させた。

「かっ……………からかわないで……ください」

震える声で訴える鈴香を、雅洸が「バカか」と窘《たしな》める。

「わざわざ鈴香のことをからかいに来るほど、暇じゃないよ」

「だって、じゃあ……」

このキスの意味は……と視線で問いかける鈴香に、雅洸が不機嫌そうに答えた。

「気心の知れた幼なじみのお兄ちゃん。……そんなポジションが欲しくて、時間をかけてるわけじゃないってことだよ」

少し怒った雅洸の声が、まだ唾液で湿っている耳にかかった。

その言葉をどう受け取るべきか悩んでいると、雅洸が「俺の気持ち、察しろよ」とふたたび鈴香の唇を奪う。

さっきの激しい口付けとは違い、今度はすぐに唇が離れた。

「雅洸……さん」

「だからって、ここで強引に襲ったりはしないけど」

そう優しくささやいてから、すぐに声のトーンを変えて「俺以外の男に、さっきみたいなお人好しな発言するなよ。本当に襲われるぞ」と小言を言う。

「……」

——急に保護者モードにならないでよ。

「あと、俺以外の男を家に上げるのも禁止な。尚也もだぞ！」

鈴香を指差して言うと、雅洸は床に落ちた鞄《かばん》を拾い、部屋を出ていった。

「な、なんなのよっ……」

ドアが閉まると同時に、鈴香は乱暴に鍵をかけた。

ずっと鈴香のことを子供扱いしてきたくせに、突然キスしてきて。そうかと思えば、また保護者の顔をのぞかせる。

最近の雅洸の言動は、鈴香には理解出来ないことばかりだ。

――それより、もっと理解出来ないのは……

鈴香は指で自分の唇を撫《な》でた。

雅洸のキスが、嬉しいのか腹立たしいのかわからない。

応接室から見下ろした雅洸の表情がやけに気になってしまったり、努力を認められて嬉しく思ったり。

雅洸のこと以上に、自分の気持ちが理解出来ない。

「風邪をひいても知らないんだから……」

鈴香は拗《す》ねたように呟《つぶや》いて、リビングへと引き返した。

◇◇◇

駅のコンコースに駆け込んだ雅洸は、雨に濡れた髪を乱暴にかき上げて首を横に振る。

どうやら電車は動いているようだが、客待ちのタクシーはいない。

――しょうがない、電車で帰るか。

その前に、と胸ポケットからタバコを取り出そうとした指に、小さな金属が触れた。軽いはずのUSBメモリーが、今は重く感じる。

「……」

せっかく鈴香の部屋に上げてもらったのだから、もっとゆっくり過ごしたかった。だが、早く帰ってこれの中身を確認しなければという気持ちのほうが勝った。

――まあ今日のところは、鈴香の部屋に入れてもらえただけでよしとするか。

可愛い色調の小物が並ぶ部屋を見る限り、鈴香に恋人はいないようだ。とりあえずは、その事実だけで満足しておくことにする。

USBメモリーの中身は、おそらく社外秘の情報だろう。

持ち出し禁止の情報だった場合のことを考え、会社に戻って確認するべきだ。

――拾ったのが鈴香でよかった。

雅洸の私物であることが明白なUSBメモリーに、社外秘の情報が入っていて、それが取引先で忘れ物として見つかる。

これはなかなかの失態だ。雅洸の進退にすぐさま関わるような重要度の高い情報ではなくとも、雅洸の評価を下げるのには十分だ。

「USB、いつ盗まれたんだろう？」

雅洸はこれを使っていない。だとすると、誰かが持ち出したと考えるのが自然だ。状況から見て、今回の犯人は安原だろう。

この手の嫌がらせには慣れているので、気を付けていたつもりなのだが……

伊ノ瀬家の御曹司《おんぞうし》。創業者一族の人間。それだけで、雅洸の力量を測ることも、その窮屈《きゅうくつ》さを察することもなく僻《ひが》む奴は、どこにでもいる。

今回のように、稚拙《ちせつ》で露骨《ろこつ》な嫌がらせに出る奴もいれば、必要以上に媚《こ》びへつらってくる奴もいた。

それをうまくかわして成果をあげるのも力量のうちと割り切ってはいるが、胸中にざらつくものが残る。

「くだらない」

吐き捨てるように言い、雅洸はタバコを取り出した。だがタバコは湿気《しけ》っている。

雅洸は、深く息を吐いてもう一度「くだらない」と呟《つぶや》いた。

仕事のことで溜息を吐《つ》きたくない。

自分に巻き付いている、様々なしがらみに負けた気がするから。

だからいつもタバコを吸って自分をごまかしている。溜息の代わりに、ゆっくりと煙を吐き出して、まだ頑張れると自分を励ますのだ。

――傷付いたり、イライラしたりしている時間も、寿命のうちだと思うともったいない。

いつも前向きな鈴香の言葉が、今の雅洸には眩《まぶ》しい。

「確かにそうだな」

雅洸は、タバコを諦めて歩き出した。

5　婚約解消

——なにかがおかしい。

INSとの仕事を始めてすぐ、鈴香はそのことに気付いた。

「試作品に使用するガラス、これでいくおつもりですか？」

INSの会議室を訪れた鈴香は、安原から手渡された書類に目を走らせ、彼の表情をうかがう。

雅洸は別件で出かけているとのことで、鈴香を出迎えたのは安原一人だった。

「コスト削減のためです」

鈴香の質問に、安原はそう答えた。

「でも……」

それでは、この前と話が違う。

今鈴香たちが取り組んでいるのは、テレビの導光板《どうこうばん》に使うガラスの加工だ。

導光板《どうこうばん》とは、画面に映像を映し出すのに必要なもので、これを使うことにより初期の液晶ディスプレイに比べ格段に薄く鮮やかな画面を生み出すことが可能になった。

最近のテレビの導光板《どうこうばん》にはガラスを使うことが多く、そうすることで本体をより軽量化できるのだ。また、画面の周りの黒いフレームを細くすることができ、デザインの幅も広がる。

雅洸の会社でもその技術を用いて、デザイン性に富んだテレビを開発しようとしていた。

前回の雅洸を交えた打ち合わせでは、純度の高いガラスでの試作品を希望していたはず。それなのに、今日安原に提示された指示書では、純度が低いガラスに変わっている。

今回だけじゃない。安原との打ち合わせでは、言っていることがころころ変わるのだ。

「でも、実際にライン生産が始まったら、レーザーカットでの加工を予定されていますよね？　この純度ですと、安定した加工は難しくなりますが……」

というか無理だ。純度が低いガラスはレーザーの光を拡散させてしまうので、上手にカット出来ない。

熟練の作業員に頼み、ガラスを何枚か無駄にすれば、一つや二つは作れる。でも大量生産する際に、それではコスト的にも時間的にも割に合わない。必要な強度を考えると、純度の低いガラスでは軽量化も望めない。

そのことをどう伝えようかと言葉を選ぶ鈴香に、安原が面倒くさそうに言う。

「部長の指示です」

「伊ノ瀬部長の……ですか？」

――雅洸さん、ガラスのことには詳しくないのかな？

会社の責任あるポジションにいるからといって、扱う部品全ての特性を熟知しているとは限らない。もう一度、簡単な資料を作って説明してから、先方の希望を改めて聞いたほうがいいのかもしれない。

　このままでは、佐々木が対応に困ってしまう。

　そう悩む鈴香に、安原が大きな溜息を吐《つ》く。

「伊ノ瀬部長、頭悪すぎだよな。……あの人、御曹司《おんぞうし》だからって優遇されてるけど、全然仕事が出来ないんですよ」

「……」

　突然の悪口に、鈴香は驚いてしまう。

　気心の知れた同僚と、人目がないところで上司の悪口を言う。それならわかるが、まだ付き合いも浅い下請《したう》けの人間に、上司の悪口を言うなんてありえない。

　――そのくらい、社会人としての基本だと思うんだけどな。

　鈴香の冷めた視線に気付くことなく、安原は雅洸の悪口を言い続ける。

「あの人、創業者一族っていうだけで、俺より若いくせに部長だぜ。ありえないよな。あんなに仕事が出来ないのに。ついこの前まで海外赴任してたくせに、英語もろくに話せないし。俺のほうがよっぽど……」

　――ああ、この人は嘘を吐《つ》いている。

　鈴香はそう確信した。雅洸は英語が堪能《たんのう》だ。

　こうなると、安原の話をどこまで信用していいのかわからなくなる。

これ以上、ここで話していても時間の無駄だ。

そう判断した鈴香は「わかりました」と言って、安原の愚痴《ぐち》を遮《さえぎ》った。

「では、社に戻って上の者と相談してみます」

「ああ……。試作品、そんなに急がなくていいから」

まだ雅洸の悪口を言い足りない。そう顔に書いてある安原に一礼して、鈴香は立ち上がる。

そのままＩＮＳのオフィスビルを出ると、その足で適当なカフェに飛び込んだ。

◇◇◇

「ん？」

自分のオフィスで書類に目を通していた雅洸は、デスクの端で震える自分のスマホに視線を向けた。画面を確認すると、鈴香からの着信だ。

――珍しい……

というより、帰国して以来、鈴香のほうから電話をしてくるのは初めてだった。

「どうした？」

「ルール違反してごめんなさい」

電話に出るなり、鈴香がそう切り出してきた。

なんのルールだ？　と雅洸が疑問に思っていると、鈴香が「仕事とプライベートは分ける。そう言い出したのは私のほうなのに、仕事中に電話しちゃって」と続けた。

「ああ……」

そのことか、と納得する雅洸に、鈴香は安原から指定されたガラスの純度を確認してきた。

「は？　なんだそれ？　そんな青板《あおいた》じゃあ、加工できないだろう。俺は、そんな変更を指示した覚えはないぞ」

青板《あおいた》とは、最も一般的なガラスだが、安価な分、不純物が多く精密な加工には向かない。

思わず眉をひそめる雅洸に、鈴香が「ああよかった」と、息を吐く。

「とっさに青板《あおいた》って言葉が出るってことは、雅洸さん、ちゃんとガラスのことを勉強してたんですね」

「当たり前だろ。知識もなくて、どうやって商談を進めるんだ？」

それなら話が早いと、鈴香はさっきまでＩＮＳの会議室にいたことと、そこで安原から変更は雅洸の指示だと言われたことを告げた。

「お前、来てたのか？　聞いてないぞ」

自分のオフィスで会議の資料をまとめていただけだから、知っていれば自分も立ち会った。そんな雅洸の言葉を聞いて、鈴香が「やっぱり安原さん、嘘吐《つ》いてたんだ」と唸《うな》る。

「アイツ、なにを考えているんだ……」

雅洸としても頭が痛い話だと、近くに置いてあったタバコに手を伸ばしつつ立ち上がった。

「タバコですか？」

電話越しに物音が聞こえたのだろうか。鈴香が「体に悪いです」と小言を言う。

「たまにしか吸わないよ」

そう答えつつも、気まずくてタバコを机に戻した。自分がタバコを吸うことに、鈴香が気付いているとは思わなかった。

「タバコを吸う暇があるなら、雅洸さんが安原さんに伝えた本来の純度を教えてください。あと、納期の希望日も」

ちなみに、安原は納期を急いでいない様子だったと言う。

鈴香の話に、雅洸はいよいよ頭が痛くなる。

安原からは、荻野ガラスとの試作品作りは順調に進んでいると聞いていたが、少しも順調ではないらしい。

額《ひたい》を押さえつつ、雅洸は本来の要望を告げる。鈴香が電話の向こうでメモを取っているのがわかった。細かなことまで質問してくる様子から、彼女が自社の製品に精通しているのだと伝わってくる。

「わかりました。一週間以内に連絡します」

鈴香が歯切れよく請《う》け合った。子供の頃とは違う、強い意志を感じる声だ。

「迷惑かけてすまんな。……アイツがそこまでデタラメなことをするとは思ってなかった……」

この前鈴香が見つけたＵＳＢメモリーには、やはり社外秘のデータが入っており、それを見る限り安原が仕組んだことのようだった。

その件もあって安原のことは信用していなかったが、よもやここまでとは。雅洸の足を引っ張るために、取引先にまで迷惑をかけるなんて論外だ。

——さすがに、見て見ぬふりも出来ないな。

雅洸は伊ノ瀬家の威光《いこう》だけで出世してきたわけではない。周囲が納得出来るだけの実力と努力を見せ付ければ、安原もそのうち理解してくれると思っていたが、それも難しそうだ。

やっぱりタバコを吸おうかと悩む雅洸の耳に、鈴香の心配そうな声が入ってきた。

「雅洸さん？　大丈夫ですか？」

「ああ……」

机に伸ばしかけていた指が止まる。気まずくなって髪をかき上げながら、雅洸は「慣れているから大丈夫」と返した。

「身内贔屓《びいき》な伯父さんのやり方に、不満を持つ者は少なからずいる。そんな奴の嫌がらせを、上手くかわすのも仕事の内だ。だが今回は俺の読みが甘くて、鈴香に迷惑をかけて申し訳ない……」

「こんなムカつくことに、慣れないでください」

鈴香がピシャリと言う。

「……」

「雅洸さんはちゃんと仕事してます。努力もしてます。純度の数値を聞いてすぐに青板《あおいた》ガラスって言葉が出るのは、雅洸さんが今回の仕事のために、ガラスのことを勉強していた証拠です。逆に言えば、こんな無茶苦茶な指示をして、うちが違和感を持たないって思ってた安原さんは、完全に勉強不足です」

鈴香は一気にまくしたてた後、大きく深呼吸をする。勢いに任せて話していたが、そこまでしか息が続かなかったらしい。

呼吸を整えてから、鈴香が続けた。

「仕事上の信頼は、家柄やお金でどうこうなるものじゃありません。……安原さんの仕事ぶりは、信頼出来ない。だから私は安原さんの言葉を疑ったし、彼は会社でも評価されない。それは、安原さん側の問題です。雅洸さんが、向こうに合わせて慣れる必要はないんですっ！」

「鈴香、怒ってるのか？」

鈴香の声には、怒りが滲《にじ》んでいる。

雅洸の質問に、鈴香は「当たり前です」と強い口調で返してきた。その口調から、鈴香の怒っている顔が想像出来る。

感情を剥《む》き出しにする鈴香のおかげで、これは怒っていいことなのだと思い出した。自分に非がないのに、嫌がらせに慣れる必要はない。

「そうだな。ありがとう。……鈴香、今から戻ってこられるか？　打ち合わせをやり直そう」

「え？」

電話の向こうで、鈴香がためらうのを感じた。

この後の予定が詰まっているのかもしれない。そう思い、「無理ならいいよ」と言おうとしたとき、鈴香の声が聞こえてきた。

「大丈夫です。今すぐ引き返します」

その声が頼もしい。

傲慢《ごうまん》で気難しい伯父ではあるが、政略結婚の相手に鈴香を選んでくれたことは、素直に感謝している。どんなきっかけであれ、出会うことが出来なければ、好きになることもなかった。

もっとも野心家の伯父からすれば、ハナミヤ産業のうしろ盾をなくした鈴香のことを、雅洸の許嫁《いいなずけ》とは認識していないようだが。

「ありがとう」

雅洸は鈴香に、「受付の人間に言っておくから、自分のオフィスまで案内してもらうように」と伝え、電話を切った。

◇◇◇

ＩＮＳ本社ビルに引き返した鈴香を、受付嬢が雅洸のオフィスへ案内してくれた。

「失礼します」

鈴香が受付嬢の後に続いて雅洸のオフィスに入ると、そこには雅洸の他に安原の姿があった。

「…………っ」

鈴香の姿を見て、安原が露骨《ろこつ》に顔をしかめる。

「花宮さん。お忙しい中、お呼び立てして申し訳ありません。試作品について、いくつか確認させていただきたいことがありまして」

雅洸が他人行儀な挨拶《あいさつ》をしてきた。

「いえ……」

鈴香も雅洸に合わせ、他人行儀に返した。そして彼に勧められるまま、応接用のソファーに腰を下ろす。

雅洸と安原も、向かいのソファーに腰を下ろした。

「花宮さんもお忙しいでしょうから、早速本題に入りましょう。同じ資料を、安原が事前にお渡ししているかと思いますがお持ちでしょうか……」

そう切り出した雅洸が、テーブルに書類を広げる。

目の前の書類に目を走らせた鈴香は、それが安原から預かったのと同じ変更指示書であると理解した。ただし、そこに並んでいる数値は、さっき見たものとは違っている。

「……」

数値の違いを指摘していいのだろうかと悩んでいると、雅洸が軽く眉を動かした。

「なにか？」

「あの……」

数値の違いに触れずに話を進めることは出来ない。そう判断した鈴香が口を開いたとき、安原がいきなり大きな声を出した。

「ああ、すみません。荻野ガラスさんにお渡しした資料、間違ってたんですよ」

安原が、媚《こ》びた笑みを浮かべる。そして「ちょうど、ご連絡しようと思っていたところだったんです」と続けた。

「……そうだったんですね」

わざとらしい。そうは思うが、ここで言うわけにもいかない。

鈴香がムッとした表情で返事をすると、雅洸がこちらに視線を向けた。

「失礼ですが、安原が先にお渡しした資料はお持ちでしょうか？」

「はい」

鈴香は鞄《かばん》からその資料を取り出すと、雅洸に手渡した。

「これは……」

険《けわ》しい表情で資料を見る雅洸の横で、安原が苦虫《にがむし》を噛み潰したような顔をしている。

「安原、お前にこの仕事を全て任せようか？」

「──っ？」

自分を陥《おとしい》れようとした安原になぜ……そう驚いた鈴香は、とっさに雅洸と安原を見比べる。すると、鈴香以上に安原が戸惑いの表情を見せていた。

「突然、どうしたんですか……」

「大事なプロジェクトを成功させて、自分の実力を示すいい機会だろ？」

静かな口調で話す雅洸は、「ただし……」と、表情を微《かす》かに厳しくしてこう続ける。

「このプロジェクトが失敗した場合、実力不足だったと評価されることを忘れるなよ」

「……」

雅洸の言葉に、安原は無言で唇を噛んだ。

雅洸が差し出したチャンスを受け取るだけの覚悟が、安原にはないらしい。

「自信がないなら無理に任せはしない。ただし、意味もなく他人の邪魔をするな」

「…………はい」

苦々しげに、安原がうなずく。それを確認すると、雅洸は鈴香を見た。

「話を中断してすみません。今後のことで、少し相談させていただきたいのですが……」

打ち合わせを再開する雅洸の隣で、安原はまだ苦い顔をしている。だが、鈴香に口出し出来ることはなにもない。

——後は、雅洸さんに任せれば大丈夫。

雅洸の強気な表情からそう確信して、鈴香は仕事の話に意識を集中させた。

◇◇◇

助けてもらったお礼に食事でも……

雅洸からそんな誘いを受けたのは、鈴香がＩＮＳを訪れた日の一週間後。ＩＮＳ側の担当者が安原から別の人に代わった日のお昼休みのことだった。

午前中に挨拶《あいさつ》がてら試作品を取りに来た新しい担当者は、安原が荻野ガラスに来ることはもうないと話したが、担当を外れた理由を詳しくは教えてくれなかった。

それでも雅洸と安原の間で、なんらかの決着が付いたのだということだけはわかる。

安原のせいで生じた遅れを取り戻すため、慌ただしく仕事をこなしていた鈴香も、雅洸に聞きたいことがいろいろあったので、彼の誘いに乗ることにした。

メールに返事をすると、すぐに雅洸から、今夜有名フランス料理店を予約したとの連絡が来る。

——婚約はとっくに破棄してるはずなのにな……

なんだか最近、雅洸と仲良しだ。

許嫁《いいなずけ》だったときよりよっぽど、雅洸を身近に感じてしまう。

鈴香が社会人になった今、昔と違って共通の話題が増えたからかもしれない。

——その分、貧富の差は格段に広がったけど……

今の鈴香ではまず訪れる機会がないであろう店名に、雅洸との格差を改めて実感してしまうが、とりあえずそのことは考えないでおく。

鈴香は午後の始業時間を待たずに、自分のデスクへ向かった。雅洸との食事の約束が入ったので、今夜は定時に帰りたい。

そんな思いで自分のパソコンと向き合った鈴香は、そこに貼られている付箋《ふせん》を見て息を呑んだ。

『ミズモトの刑部様より電話あり。頼んでいたサンプル、本当に今日届くのか確認したいとのこと』

その内容に、体から血の気が引いていく。

――ミズモトのサンプルッ！

鈴香は、目の前の棚にある刑部用ファイルを開いた。

そして予定表のページを見て愕然《がくぜん》とする。

刑部に頼まれていたガラス板のサンプル。その納期が今日だと赤字で書かれている。しかも間違いなく自分の字だ。

雅洸の一件に気を取られて、完璧に失念していた。

「――っ！」

ともかく刑部に連絡しなければ。鈴香はすぐさま電話を手に取った。

「いつまでにご入用でしょうか……って、明日の会議で使うから今日までに納めてほしいって言っただろ」

電話の向こうから、刑部の苛立《いらだ》つ声が聞こえてくる。

鈴香は「すみません」と思わず頭を下げた。

「アンタに任せてるから、余裕持たせなくて大丈夫だと思ってたのに……」

チッと舌打ちする音に、胃が軋《きし》む。

刑部に怒られることより、彼の信頼を裏切ってしまったのが辛い。

「明日の何時までにお届けすれば間に合いますか？」

ミズモトは、鎌倉《かまくら》にある会社だ。佐々木に頼み込んで至急サンプルを作ってもらい、鈴香が直接持ち込めば間に合うだろう。必要な資料は、サンプルを作ってもらっている間に揃《そろ》えればいい。

そう算段を付けた鈴香に、刑部は「明日の朝一」と答える。

「朝一……」

とは、何時までなら許されるのだろうか。悩む鈴香に、刑部が言う。

「待てても八時までだ」

「……」

――ミズモトさんは、始業と同時に会議を始めるんですか？

そう聞きたくなるのを、鈴香はグッとこらえた。

始発に乗ればなんとか間に合うだろうか。

「用意、出来ないのか？」

「大丈夫ですっ！　信じてくださいっ！」

刑部の問いかけに、反射的に答えてしまった。

鈴香の言葉の信憑性《しんぴょうせい》を探るように沈黙が続いた後で、刑部がふたたび口を開く。

「信用ってのは、覚悟のない奴が欲しがっていいもんじゃないぞ」

刑部の言葉に、鈴香の背筋が伸びる。頭の中では、明日の朝一でサンプルを届ける手順が整った。

「わかってます」

そう返すと、刑部が「じゃあ、今までの仕事に免じて、今回だけは信用してやる」と溜息交じりに言う。

「俺、毎朝七時半には出社して掃除してるから」

そう言って、刑部のほうから電話が切られた。

――七時半に出社して掃除……

いかにも刑部らしい。そんな場合じゃないのに、つい笑ってしまった。

見るからに頑固オヤジで、一日を会社の掃除から始める。そんな生真面目な彼に残念だと思われる仕事はしたくない。

――そのためには、覚悟を決めて頑張ろうっ！

今はＩＮＳ用の試作品製作が一区切り着いたところだ。やっと安堵しているであろう佐々木にも、迷惑をかけることになる。それは申し訳ないが、この先の仕事で佐々木に恩を返すつもりだ。

――だから今回だけは許してください。

鈴香は電話の受話器を戻すと、佐々木のもとへと走った。

◇◇◇

「お前、鎌倉で野宿するつもりだったのか？」

自家用車を郊外へと走らせる雅洸が言う。その声は、明らかに呆れていた。

「さすがに野宿はしないです。ミズモトの近くのビジネスホテルに、飛び込みで泊まるつもりでした」

助手席で自分の荷物を抱える鈴香は、そう返した。

刑部との電話の後、鈴香は佐々木のもとに駆け付け事情を話した。

話を聞いた佐々木は一瞬驚いた顔をしたが、「頑張っても、仕上がるのは夜になるよ」とだけ鈴香に告げ、すぐに仕事に取りかかってくれたのだ。

そしてその宣言通り、夜にはサンプルを仕上げてくれた。

明日の始発で鎌倉に向かえば、刑部に言われた朝八時までにサンプルを届けることが出来る。でも、もしなにかのトラブルで電車が運休でもしたら、もし寝坊をしてしまったら……と、臆病《おくびょう》な自分が顔をのぞかせた。

しかも今回の一件は、鈴香の甘さが招いた事態なので、念には念を入れておかないと気が休まらない。物がガラスなだけに、時間の融通《ゆうずう》だけを考慮して、なじみのない宅配業者にも預けたくない。

それになるべくなら、直接自分の手で刑部に渡して謝罪したいという思いもある。

佐々木から試作品を受け取った鈴香は、その足で駅に向かおうとした。今日の内に鎌倉に移動しておいて、朝一に自分でミズモトに持ち込もうとしたのだ。

「こんな時間に飛び込みでビジネスホテル……もしどこも予約で満室だったら、どうするつもりだったんだ？」

「きっと、なんとかなったと思います」

そう返す鈴香だが、正直その場合については考えていなかった。

雅洸の横顔をうかがうと、鈴香の考えの浅さに眉をひそめている。

「泊まるとこは、俺が用意したから探さなくていいよ」

相変わらず保護者感覚丸出しの言葉に、溜息が漏れる。

——なんでこうなるのかな……

鈴香は雅洸の厳しい表情から視線を逸《そ》らし、窓の外を見た。

雅洸には昼間のうちに事情を説明して、今日の約束をキャンセルさせてもらった。

彼は「わかった」と答え、会社を出る前に自分に電話するよう、鈴香に約束させたのだが——

その約束を守った結果、鈴香は雅洸の運転する車の助手席にいる。

「別に、鎌倉まで送ってくれなくてもよかったのに……」

会社を出る前に電話をすると、近くの店で待機していた雅洸が車で駆け付け、鈴香を鎌倉まで送ると言ってきた。

多忙な雅洸をそんなことに付き合わせるわけにはいかない。鈴香はそう断ったのだが、一度言い出したことを簡単に諦める雅洸ではなかった。

じゃあ、帰るついでに駅まで送ってやる。そう言って鈴香を車に乗せると、そのまま車を鎌倉へ走らせたのだ。車が駅に向かっていないことに気付き、焦る鈴香を無視して、雅洸の運転する車は高速に乗ってしまった。

「鎌倉までのドライブだ。どこかで飯でも食うか？」

雅洸がご機嫌な様子で鈴香を見た。

「私、仕事で行くんですけど……」

諦めておとなしく助手席に座る鈴香が、雅洸に冷ややかな視線を送る。そんな鈴香に、雅洸は「俺は仕事じゃない」と返してくる。

「お前との食事のために空けといた時間だ。どう使おうと俺の勝手だろ。っていうか、レストランをキャンセルさせたお詫びに、ドライブに付き合え」

「……」

そう言われてしまうと、申し訳なさが先に立ってしまう。

黙り込む鈴香に、雅洸が「すまんな」と謝った。

「え？」

「鈴香がミスしたの、うちの会社のゴタゴタに巻き込んだせいだろ？」

「そんなこと……」

そんなことないです。と言うのは、いささか嘘くさいだろう。鈴香は雅洸の言葉を肯定も否定もせずに、「カッコ悪いですよね」と返した。

「カッコ悪い？」

「公私混同もいいとこです。……相手が雅洸さんの会社だから、必要以上にムキになって、周りがちゃんと見えなくなって、他の仕事でミスをして、周りに散々《さんざん》迷惑かけて、雅洸さんに送ってもらって……社会人として最低だしカッコ悪いです。……せっかくのレストランも、キャンセルさせちゃったし」

自分にもっと周囲をよく見る冷静さがあれば、こんな事態にはならなかった。そう思うと、後悔してもしきれない。

凹《へこ》む鈴香の隣で、雅洸が薄く笑った。

――人の不幸を……

軽く睨《にら》む鈴香に、雅洸が「ごめん」とまた謝る。

「でも、鈴香がそこまで俺のことでムキになってくれたっていうのは、俺としては少し嬉しい話だから」

「…………」

「それと、俺に迷惑かけても気にしなくていいよ」

「でも……」

それはよくないと思う鈴香に、雅洸が言う。

「鈴香は、俺の一部だから」

「……」

「俺、結構鈴香の存在に助けられてきたんだよ。鈴香の何気ない一言に、何度も救われてきた。……それだけじゃない。海外赴任中も、鈴香にメールを送らなきゃいけないと思って、周囲の物事にアンテナを張ってた。なにかを食べたとき、鈴香が好きそうな味かどうかを考えた」

「……」

「離れている間も、そうやってずっと鈴香の存在を意識してきた。ずいぶん長い間、俺の生活の何割かは鈴香で出来ていたから、今さら俺に迷惑かけたなんて気にしなくていい」

「は……」

恥ずかしげもなく、よくそんなことを……。聞いているほうが恥ずかしくなる。

そう思っているはずなのに、心の奥がくすぐったい。

その実、鈴香にも似たような思いはあった。

就職活動に悩んでいたとき、雅洸から送られてきた写真のことを思い出す。雅洸がニューヨークにいた頃、休日によく遊びに行っていたコーニングという街の写真だ。ガラスの街とも呼ばれているその街で撮られたガラス細工の写真が印象的だったから、鈴香は荻野ガラスにエントリーシートを送ったのだ。

嫌になるくらい、鈴香の日常にも雅洸の存在が染み込んでいる。

「だから俺たち、結婚したほうが自然じゃないか？」

――すぐにこれだ……

雅洸がこれ以上調子に乗っては困るので、別々に暮らしている間も彼の影響を受けていたことは黙っておく。

「結婚はしないけど、今日のところは、雅洸さんの親切に甘えておきます」

なんとなく悔しくて、ついむくれてしまう。そんな鈴香に、雅洸は「はいはい」と笑い、車の速度を上げた。

◇◇◇

鎌倉に入ると、雅洸は鈴香が情報を入力したナビの通りに車を走らせた。

車は海岸沿いから川沿いへと移動し、国道をしばらく走って、目的地近くのコンビニで止まった。

「少し、ここで待っていてください」

「一人で大丈夫か？」

車を降りる鈴香に、雅洸が気遣わしげな視線を向ける。

鈴香は「大丈夫です」とうなずいた。

「もともとここまでだって、一人で来るつもりだったんですから」

鈴香がそう答えると、雅洸がホッと息を吐く。

「じゃあ、行ってきな。ここで待ってるよ」

「行ってきます」

見送る雅洸に小さく手を振り、鈴香は車のドアを閉めた。そして、そのままコンビニの駐車場脇の坂道を登っていく。

山道というほどではないが、片側一車線の上《のぼ》り坂は、生《お》い茂《しげ》る雑草が両脇の歩道にまでせり出している。道自体は綺麗に整備され、外灯も等間隔に設置されているが、通行する車がほとんどなく、都会での生活に慣れている鈴香は寂しさを覚えてしまう。

「ここだ……」

目的地であるミズモトの正門前に立ち、鈴香は背筋を伸ばした。

ミズモトは、研究機関などで使う特殊な測定機器の製造販売に主軸を置いている。大手ではないが、製品の性能が高く、些細《ささい》な設計変更にも融通《ゆうずう》がきくと定評がある。

本社と工場が同じ敷地内にあるらしいのだが、その敷地はさほど広くないように見えた。

夜の十二時近くのこの時間、正門は開いているが、建物内の明かりは非常灯以外消えており、人が残っている気配はない。

事前に刑部も、十時過ぎには無人になると言っていた。

誰もいないとわかっていても、どうしてもここに来たかったのだ。

「ご迷惑をおかけしました」

鈴香は大きく腰を曲げて、無人の会社に頭を下げた。

もちろん明日、刑部にはきちんと謝罪する。それでも今日の内に、ミズモトという会社に謝っておきたかった。

――ただの自己満足でしかないけど……

そう思いつつ鈴香が深く頭を下げていると、ガサッとなにかが動く音がした。

驚いた鈴香が、顔を上げて音のしたほうを見ると、反対側の歩道に座り込んでいた誰かが立ち上がる。

誰もいないと思っていただけに、突然現れた人影に警戒心が働いた。アスファルトをしっかり踏みしめ、いつでも走り出せるようにと身構える。

「――っ!」

近づいてきたその人物を見て、鈴香は目を丸くした。

「ようっ！　荻野のお嬢ちゃん」

「刑部さん！」

ズボンに付いた汚れを払いながら、刑部が車道を渡ってくる。

「やっぱり来たか」

ニカッと笑う刑部が、酒臭い息を吐いた。

「ここで、なにをしてるんですか？」

誰もいないと思っていたのに、まさか刑部がいるなんて……

呆然とする鈴香に、刑部は「月見酒」と言いつつ、手にしていた酎《ちゅう》ハイの缶を揺らしてみせた。

「会社の前で、ですか……？」

「敷地内で呑んでたわけじゃないんだから、別にいいだろ。就業時間外に、どこでなにをしようが俺の自由だ」

ぶっきらぼうに話す刑部が、「ほれっ」と酎《ちゅう》ハイを持っていないほうの手を差し出す。

「……？」

「お前さんのことだ、誰もいないと言っておいても、サンプルが出来ればすぐに持ってくるんじゃないかと思ってな」

その言葉に、胸がじんわりと熱くなる。

刑部は、約束もしていない鈴香のことを、ずっとここで待っていたのだ。

「なんだ？　手ぶらか？」

鈴香の両手が空いているのを見て、刑部が「どうやってここまで来たんだ？　財布くらいは持ってるのか？」と怪訝《けげん》な顔をする。

「あ、サンプルは車に……」

「車？」

周囲を見回す刑部に、鈴香は「坂の下のコンビニで待ってくれている、知人の車に置いてあります」と説明した。

「サンプルを車に置いて、ここまでなにしに来たんだ？」

「なんとなく、謝りたくて……」

そう答える鈴香に、刑部が目を細める。

「そうか。じゃあ、もう謝っただろ？　満足したなら、コンビニまで送ってやるよ」

刑部は「ちょっと待ってろ」と言って元いた場所に戻ると、鞄《かばん》とコンビニの袋を持ってすぐに引き返してきた。

刑部が手にしているのは、雅洸が待機しているコンビニの袋だった。

坂の下へと歩き出す刑部は、後に続く鈴香の視線に気付いて言う。

「そこのコンビニで待ち合わせすればよかったな」

いや、それは違う。

来るとわかっていたなら、会社で待っていてくれればよかったのだ。

そもそも鈴香を待っているなら、そう言ってくれればいいのに。もし鈴香が来なかったら、ずっと外で待っているつもりだったのだろうか。

そのことを指摘する鈴香に、刑部は「そんなわけにはいかない」と首を横に振る。

「お前さんを待っていたのは、俺の勝手だ。自分勝手な理由で、仕事が終わった後も会社に居座るわけにはイカンだろ。……それに、下手に待ってるなんて言ったら、お前さんはどんな無茶をしてでも来ようとするからな」

「……」

刑部の言わんとすることはわかる。

鈴香だって、あそこで刑部が待っていてくれるなんて想像もしていなかったけれど、どうしても謝りに来たかった。それは鈴香の勝手で、会社とも刑部とも関係ない。

「まあ、そろそろ帰るつもりではいたけどな」

刑部は笑いながら、酎《ちゅう》ハイを一口呷《あお》った。

「会えてよかったです。……それと、今さらですけど、本当にすみませんでした」

「お前さんは、ちゃんと今日の内に持ってきた。だから、それはもういいよ」

改めて頭を下げる鈴香に、刑部が言う。そしてしばらく黙って歩いた後で、「ありがとな」と呟《つぶや》いた。

「なにがですか？」

お礼を言うべきは鈴香のほうであり、刑部にお礼を言われるようなことはなにもしていない。

「いや。人間生きてれば、どうしたって嫌なことはある。そんなとき、信用出来る奴に出会えると、ホッとするもんだ。……そんな奴がいるおかげで、本当の孤独に溺れずに生きていける」

「本当の孤独……ですか？」

「そうだ。本当の孤独に溺れたら、そこから這《は》い上がるのは苦労するからな。人間関係で受けた傷は、人間関係でしか癒《い》やされんよ」

まあ、俺くらいの歳にならんと、理解出来ん話かもしれんが……と、刑部はまた一口酒を呑んだ。

そうやって二人で坂を下っていくと、外灯の下に立つ人影が見えた。

——雅洸さん……

鈴香のことが心配で待ちきれなかったのだろう。車を降り、坂道の下で鈴香のことを待っている。

——本当の孤独……

刑部の言葉を、心の中で反芻《はんすう》してみた。薄暗い道の先、明かりに照らされる雅洸の存在が、なにか特別なものに思えてしまう。

「なんだ、彼氏か？」

こちらに気付いて控えめに会釈《えしゃく》する雅洸を見ながら、刑部が聞く。

「違います。ただの幼なじみのようなものです」

雅洸との関係を、正しく説明するのは難しい。そんな気持ちから、鈴香は雅洸のことをそう説明した。

刑部は「いい男じゃないか」とどこか残念そうに言う。

「付き合いが長すぎて、お互い、そんな相手じゃないんです」

「そうなのか？　こんなところまで車を走らせてくれたんだ、相手は少なからずお前さんのことを好きなんじゃないか？」

「それは……ちょっと違うんです」

「なにが違うんだ？　お前さんのタイプじゃないのか？　あれが駄目なら、高望みのしすぎだぞ」

「そうじゃなくて、物心が付いた頃からの付き合いだから……。恋愛対象として見るのは、難しいです」

そう答えて、ふと、今の自分が雅洸のことをどう思っているのかわからなくなる。

きっと刑部の言う「本当の孤独」を知らずにここまで来られたのは、雅洸がいてくれたからだ。

「大変だな」

心底気の毒そうに言われて、鈴香はキョトンとした。

「え？」

「あんないい男を子供の頃から知ってたら、それが男を選ぶ基準になっちまう。あれよりいい男を探すのは大変だぞ」

「――っ！」

婚約を解消した後、特に誰かを好きになることも、付き合うこともなかった。

それはきっと、そういうことだったのだろう。

――ズルイ……

鈴香は心の中で唸《うな》った。あんなハイスペックな男が基準じゃ、そう簡単に他の誰かを好きになれるわけがない。

「でもやっぱり、今さら無理です」

雅洸のほうも、ただの意地で鈴香と結婚したいだけなのだ。

「そうか？　残念だな」

そんなことを話しながら歩き、雅洸のところに着くと、刑部は「どうも」と軽く頭を下げた。そのまま三人で雅洸の車へと向かう。

「で、この後どうするんだ？　二人でどっかに泊まるのか？」

刑部の言葉に、鈴香は冗談じゃないと首を横に振る。

「まさかっ！　このまま帰りますよ。……この人とは、本当にそんな関係じゃないんですっ！」

強い口調で断言して、鈴香は車のドアを開ける。

そしてサンプルを収めた箱と、必要な資料をまとめたファイルを重ねて持つと、ぎこちない動作で振り返った。

刑部は、そんな鈴香と雅洸を面白そうに見比べている。

「これ、サンプルと資料です」

そう言って二つを差し出す鈴香の前で、刑部はポンッと手を叩いた。そしてニカッと笑う。

「すまん。やっぱり受け取れん」

「はい？」

「よく考えたら、酔ってる身で、そんな大事なもの預かるわけにはいかんだろ。明日、家に忘れて出勤でもしたら事だしな」

「え？　じゃあ……どうしたら……」

戸惑う鈴香に、刑部が言う。

「最初の約束通り、明日の朝一で会社に届けてくれ」

「え、でも、今さら……」

もともとはその予定だったから別にかまわないが、刑部が急に態度を変えた理由がわからない。

だが雅洸が鈴香の肩に手を乗せ、自分のほうへと引き寄せる。そして「承知しました」と、鈴香の代わりに答えた。

「――っ！」

なぜ雅洸が口を挟むのか。鈴香がそう怒るよりも早く、彼は「自分に非があるなら、相手の要望に添うのが基本だろ」と、ささやいてきた。

そう言われると、返す言葉がない。

――でも……

と、鈴香は刑部の顔を見た。

得体の知れない自信に満ちた刑部の顔が恨《うら》めしかった。

◇◇◇

雅洸が刑部に家まで送ると申し出たが、刑部は近いので酔い覚ましがてら歩いて帰ると、その申し出を断った。

刑部とコンビニの駐車場で別れ、鈴香と雅洸は車に乗る。車はしばらく海岸線を走った後、途中で曲がり、山道を登り始めた。

鈴香にもおぼろげな記憶がある砂利道の私道。そこに入ってほどなくすると、一軒の家が見えてくる。

雅洸は車をシャッター付きのガレージに停めた。

この場所にはなじみがある。伊ノ瀬家の別荘で、雅洸がまだ小学生の頃、鈴香も何度か遊びに来たことがあった。

「ここは……」

「懐かしいだろ？」

車から降りた鈴香に、雅洸が聞く。

「そうですね……」

周囲に家はないのだが、深夜ということもあり、つい話す声が小さくなってしまう。

「ここなら予約がなくても泊まれるし、ミズモトにも近いだろ」

シャッターを下ろして振り返った雅洸が、頬《ほお》を引きつらせている鈴香に視線で『どうした？』と問いかけてくる。

「雅洸さんも、ここに泊まるんですか？」

ガレージのシャッターを下ろした意味を察して、鈴香は尋ねた。

「今から、俺だけ車で帰れって言うのか？」

確かにここまで送ってもらっておいて、それは失礼だ。それに、ここは伊ノ瀬家の別荘なのだから、そんなこと言えるはずがない。

「それなら私……」

ホテルを探します、と言おうとした鈴香の言葉を遮《さえぎ》るように、雅洸が言う。

「前も言ったけど、今さら襲ったりしないよ。心配なら部屋に鍵をかけて寝ろ。……今からホテルを探しても俺は送ってやらんぞ」

雅洸はそう告げると、鈴香に視線で付いてくるように合図した。ガレージ脇の通用口を通り、コンクリート製の階段を上っていく。

――仕方ないよね……

鈴香だって、この別荘にいくつも部屋があるのは知っている。雅洸と同じ部屋で寝る必要はないし、心配なら雅洸の言う通り鍵をかけておけばいい。

納得して階段を上っていくと、玄関の前に立っていた雅洸が、持ってきた鍵で扉を開けた。

「中もあの頃と、あまり変わってないよ」

レディーファーストと言わんばかりに扉を押さえ、鈴香に先に入るよう促《うなが》す。

雅洸の勧めに従い、先に玄関に上がりながら鈴香が言う。

「ここのテラスから海を見るのが好きでした」

内装は、確かに鈴香の記憶にあるままだ。お気に入りだったテラスも、昔と変わっていないだろうか。それが気になり、思わず奥のほうをのぞき込んでしまう。

そんな鈴香に、靴を脱ぎつつ雅洸が説明する。

「テラコッタのタイルはそのままだけど、お前のお気に入りの椅子《いす》はもうないよ」

鈴香お気に入りの椅子《いす》とは、テラスに置かれていたロッキングタイプのソファーチェアのことだ。

ここに遊びに来ると、鈴香はよくそこで海を見ていた。

そのソファーチェアを好んで使っていたのは鈴香だけだったので、鈴香の訪問が途絶えると利用する者がいなくなり、処分されたのだろう。

「そうなんですね」

些細《ささい》なことだが、時の流れを感じて寂しくなる。

「欲しいなら、新しいのを買ってやるぞ」

しみじみする鈴香に、雅洸が言った。

――そうやってすぐ子供扱いするんだから。

「いらないです」

つれなく答えて、鈴香は奥へと進んだ。

短い廊下《ろうか》を抜けると、リビングダイニングがある。そこに足を踏み入れた雅洸が、照明を点《つ》けてカーテンと窓を開けた。

とたんに、潮の香りと波の音を感じる。

それらに誘われて窓に歩み寄ると、テラスに陶製のベンチとガラステーブルが置かれているのが見えた。

大人二人が余裕で座れそうな大きさのベンチは、波の音を楽しみつつくつろぐには、ちょうどいいだろう。

「……」

そんなことを思いながらベンチを見ていると、雅洸が背後から抱きしめてきた。

「鈴香」

鈴香をそっと腕に包みこんだ雅洸が、耳元でささやく。

「とりあえず服脱いでこいよ」

「……っ」

急に緊張する鈴香の首筋で、雅洸がプハッと噴き出した。そして彼は、笑いを含んだ声で言う。

「スーツが皺《しわ》になってるぞ。ここには女性用のスーツはないから、脱いでプレスしておいたほうがいいだろ」

「ああ……」

そういう意味か。緊張してしまった自分が恥ずかしくなる。

「俺の部屋に未使用の服が何着かあるから、好きなのをパジャマ代わりに使って。ついでにシャワーも浴びてこいよ。化粧品も母親の買い置きがあると思うから、好きに使うといい」

そう話す雅洸は、明らかに笑いを押し殺している。鈴香の動揺を狙ってやったのだろう。

「……」

――ムカつく。

むくれつつも、鈴香は「じゃあ、お言葉に甘えて」と返し、勝手知ったる別荘の奥へと向かう。

「鈴香」

部屋を出ていこうとする鈴香を、雅洸が呼び止めた。

「……？」

振り向く鈴香に、雅洸は「あの香水、使ってるんだ」と言ってニヤリと笑う。

あの香水とは、以前雅洸が鈴香に贈った香水のことだ。

「こ、好みの匂いだから」

「そうだと思った」

唇の端だけを持ち上げ、雅洸がうなずく。その表情に、大人の余裕を感じてしまう。

「子供っぽいって思ってる？」

鈴香が問うと、雅洸はまさかとばかりに肩をすくめる。

「使ってもらえて嬉しいだけだよ。……子供っぽいとか関係ない。人の好みってそう簡単に変わらないだろ？　鈴香が好きだと思ったから、選んだだけだ。それが当たってよかったよ」

その通りだ。好きなものはそうそう変えられない。

物も、人も、好きなものはきっと何歳になっても好きなままだ。

でも、そのことを言葉にするのは恥ずかしい。だから鈴香は「シャワー借ります」とだけ言って、リビングを出た。

雅洸の部屋に入った鈴香は、白い麻のシャツと、腰を紐で縛るタイプの七分丈パンツを借りることにした。

インテリアが昔と全然違っていて、鈴香に時の流れを感じさせる。

本が多いのは相変わらずだけれど、勉強机がなくなり、ベッドも変わっている。ゆったりとしたダブルベッドは、リゾートホテルにあるものみたいだ。

シャワーを浴び、借りた服に着替えてリビングに戻ると、そこに雅洸の姿はなかった。

「あれ……」

部屋を見回していると、外からタバコの匂いが漂ってくる。

鈴香は、その匂いをたどるようにテラスに出た。

「ああ……。ごめん」

テラスのベンチに腰かけていた雅洸は、鈴香の存在に気付いてタバコをもみ消した。

酒を呑みながら一服していたらしく、ガラステーブルの上にはタバコと灰皿の他に、ウイスキーの瓶《びん》と氷の入ったロックグラスが置かれていた。グラスの三分の一ほどに、琥珀色《こはくいろ》の液体が入っている。

「吸っていいですよ」

鈴香はそう言って、雅洸の隣に腰を下ろした。

「鈴香の前では吸わないよ」

意味ありげに笑う雅洸が「俺の子供を産んでもらわなきゃいけないからな」と付け足す。

――すぐそういうことを言う。

フウッと深く息を吐き、鈴香は断言した。

「雅洸さんと結婚する気はないです。……私だって仕事が忙しいんだから」

「それは困る。俺は、鈴香としか結婚する気がないんだから」

雅洸は芝居がかった表情で、大げさに驚いた。

「もう。すぐにそうやってからかう。私は寝るから、一人で好きなだけタバコを吸っててください……っ！」

立ち上がる鈴香の手を、雅洸が掴んだ。

ぐっと体を引き寄せ、鈴香の背中に額《ひたい》を押し付けてくる。

「鈴香……」

「雅洸さん？」

「タバコ吸わないから、代わりに、少しだけこうさせて」

突然のことに驚く鈴香の腰に、雅洸が腕を絡める。その声がやけに切なく聞こえて、鈴香は雅洸の手に自分の手を重ねた。

「なにか嫌なことでもあったんですか？」

前にタバコを吸う雅洸を見かけたときは、物憂《ものう》げな表情だと思った。けれど、後から考えてみると、あのときの彼は感情を押し殺しているようでもあった。

まるで溜息を吐《つ》くように、そっと煙を吐き出す雅洸は、ひどく苦しそうだった。

「ちょっとね……」

麻のシャツ越しに雅洸の体温を感じた。

「安原さんのことですか？」

「……」

雅洸の額《ひたい》が小さく上下する。

「また虐《いじ》められたんですか？」

鈴香の言葉に、雅洸がフッと息を漏らす。背後に感じる微《かす》かな息遣いで、彼が笑っているのだとわかった。

「鈴香の思考は、単純でいいな」

――またそういうこと言う……

そう文句を言いたいところだが、今は我慢しておく。そんな鈴香の内心に気付かず、雅洸は続ける。

「俺が虐《いじ》められるわけないだろ。本気で相手をすれば、あんな奴ひとたまりもないよ。……私怨《しえん》による情報漏洩《ろうえい》に情報改ざん。それだけでも問題だけど、他にも問題が発覚して……」

「横領《おうりょう》でもしてたんですか？」

鈴香が半分冗談で口にした言葉に、雅洸がうなずく。

「絶対に許されることじゃない。いい大人として、やらかしたことの責任は本人に取らせた。でもその結果、あいつがこの先支払う代償《だいしょう》のことを思うとな……」

刑事事件にしたのか、示談で済ませたのかはわからないが、安原がそれ相応の処罰を受けることだけは確かだ。

「でもそれは、雅洸さんが悪いわけじゃないですよ」

「わかってるけど、人を切ることだけは、何度やっても慣れないな」

鈴香の背中に顔を埋《うず》めたまま、雅洸が呟《つぶや》いた。

「ああ……」

そうだ。雅洸はそういう人だ。

人を屈服させるに十分な権力と地位を持っているくせに、それを振りかざすことを嫌う。そして代々やり手で知られる伊ノ瀬家の人間にしては、情がありすぎる。

だから政略結婚の相手に過ぎなかった鈴香にも同情し、結婚にこだわってしまうんだ。

——あと、変なところで子供だから、私に断られてムキになっているんだろうけど。

「安原のしでかしたことは、確かに社会人として許されることじゃない。……でも、極端に身内贔屓《びいき》な伯父さんのやり方も好きじゃない。横領の件は論外として、伯父さんに反発する安原の気持ちも、わからなくもないんだよ」

「……嫌いなら、会社を離れたらどうですか？　雅洸さんなら、どこの会社でも就職出来ますよ」

そうすれば、家に縛られることなく自由に生きられるのに。

そう思う鈴香を、雅洸が「バカか」と笑う。

「そんな逃げ出すようなこと、俺がするわけないだろう。どうせなら頂点まで上《のぼ》り詰めて、会社の体質自体を変えてやるよ」

雅洸が背後で、不敵な笑みを浮かべているのがわかった。

「雅洸さん、野心家ですね」

「ハートが強いと言え。せっかくこの時代まで生き残ったんだ。この先何十年と生き残れる会社になるように、俺の代で体質改善してみせるよ」

「花宮家みたいには、ならないでくださいね」

思わず自虐的《じぎやくてき》なことを言ってしまう鈴香に、雅洸が大丈夫だとうなずく。

「言ったからには絶対やるよ。そのために、ずっと努力してきたんだ。まずは俺抜きでは会社が回らないって周りに言わせせてみせる。会社の体質改善はその後だ」

その言葉には迷いがない。雅洸の意志の強さを称えるように、鈴香はその手を軽く叩いた。

「そのためには、健康でいることも大事ですよ。タバコは、体に悪いからやめてください」

雅洸は、ストレス発散のためにタバコを吸っているのだろう。でもそれは、あまりいい方法のようには思えない。

「鈴香が一緒にいてくれるなら、やめるよ」

「……」

――人間関係で受けた傷は、人間関係でしか癒《い》やされんよ。

刑部が何気なく口にした、その言葉を思い出す。雅洸が人間関係で受けた傷というものを、鈴香が癒《い》やすことが出来るということだろうか。

そう思うと、自分に出来ることをしてあげたくなる。

「俺と結婚したくなった？」

鈴香が真面目に考えていると、雅洸が半笑いで問いかけてきた。

「……もうッ。すぐそういう冗談を言う」

やっぱり雅洸は鈴香をからかって遊んでいるのだ。鈴香は真剣に雅洸のことを考えていたのに……

ムッとして離れようとする鈴香の動きを阻《はば》むべく、雅洸が腰に回す手に力を込めた。

「本気で言ってるんだよ。俺は鈴香と結婚したい」

そうささやいて鈴香を強く抱き寄せ、自分の足の間に座らせる。

さっきまで見下ろしていた雅洸の顔が、鈴香の目線より高い位置に来た。

「もう私と結婚するメリットはないですよ。雅洸さんは、ムキになっているだけです」

優しく諭《さと》す鈴香の髪に、雅洸の溜息が触れた。

「バカか。……鈴香しか持っていないものがあるだろ」

「……？」

うしろから包み込むように抱きしめる雅洸が、鈴香の髪を右肩に流すと、無防備になった左の首筋に口付けした。

湯上がりでまだ湿っている鈴香の肌に、雅洸の唇が艶《なま》めかしく触れる。

「雅洸さん……」

熱い吐息を感じて、首筋を起点に甘い熱が満ちてきた。

「鈴香」

名前を呼びながら、雅洸が鈴香の体の向きを変えさせる。

小さな子供を抱きかかえるように、左腕で鈴香の背中を優しく包む。そうしながら右腕を腰に回されると、雅洸の筋肉質な胸が頬《ほお》に触れた。

雅洸の左手が、服の上から鈴香の脇を優しく撫《な》でる。

——この体勢、けっこうドキドキするんですけど……

まだ学生だった頃、雅洸の愛撫《あいぶ》に翻弄《ほんろう》されたときのことを思い出してしまう。あの日も、加速する自分の鼓動を悟られたら子供扱いされるんじゃないかと、ひどく緊張したのだった。

どうか気付かれませんように。そんなことを祈りながら雅洸の胸に頬《ほお》を寄せる鈴香は、あることに気付いて、フッと表情を和《やわ》らげた。

「……雅洸さんの心臓も、凄《すご》くドキドキしてる」

「……」

鈴香に指摘されて気まずかったのか、雅洸が手の動きを一瞬止める。

そして鈴香の髪に口付けをして、ボソリと言った。

「好きな女に触れてるんだから、当たり前だろ」

「……っ！　……私のこと、好きだったんですか？」

今まで同情しているだけか、もしくは断られたことでムキになっているのだと思っていた。驚く鈴香の髪に、雅洸の溜息が触れる。

「バカか。……愛してるに決まってるだろ」

ぶっきらぼうな口調で答える雅洸の言葉に、鈴香の表情が緩《ゆる》んだ。

「そう、だったんですか……」

「当たり前だ」

女性の扱いには長《た》けているくせに、感情を言葉で表現するのは苦手なのだろう。鈴香への気持ちを口にする雅洸は、ひどく不機嫌な顔をしている。

「変なの……」

雅洸のアンバランスさに、自然と笑みが零《こぼ》れた。

「うるさいっ。こういうこと、言葉にするのが苦手なんだよ」

拗《す》ねた口調が、また愛《いと》おしい。

「私もです……」

鈴香は雅洸の背中に手を回し、ぎゅっと抱きしめた。

そして、ささやくような声で続ける。

「確かに、今さら言葉にするのは恥ずかしいです。だけど……私も、雅洸さんのことが好きですよ」

それを認めてしまうと、雅洸に対する全ての感情に説明が付く。

心配も苛立《いらだ》ちも、仕事の努力を認められたときの喜びも、全て彼のことを好きだからこその感情だ。

それがいつからかと聞かれれば、鈴香にもよくわからない。

子供の頃から憧れの存在ではあったし、ハナミヤ産業が倒産した後も、雅洸は鈴香の人生に寄り添っていてくれた。

でも、家が没落して孤軍奮闘《こぐんふんとう》していた頃、雅洸に対して抱いていたのは、感謝や親しみといった類《たぐ》いのものだったと思う。

それを愛情と認識するようになったのは、いつからだろうか……

そんなことを考えながら視線を上げると、雅洸と目が合った。

「知ってるよ」

「……」

——その自信はどこから……

強気な姿勢を崩さない雅洸に呆れていると、彼が鈴香の体を強く抱きしめてきた。そして、「嘘だよ」と笑う。

「自信がないから、早く鈴香と結婚したかったんだ」

雅洸の弱気な本音を聞いて、鈴香は「ああ、そうだったのか」と一人納得した。

「雅洸さんの弱気な部分も、可愛くて好きです」

鈴香の言葉に、雅洸がムッと眉を寄せて反論しようとする。

でもそれより早く、鈴香のほうから雅洸に口付けた。

唇と唇が軽く触れ合うだけの幼いキス。それでも、自分からキスするのが初めてな鈴香にとっては、十分恥ずかしい行為だ。

唇を離した鈴香は、雅洸と目を合わせないよう、素早く彼の胸に顔を埋《うず》めた。そしてもう一度、『ああそうか』と心の中で呟《つぶや》く。

雅洸に恋愛感情を持ったのは、ときに悩んだり傷付いたりする、決して完璧ではない彼の姿を知ったからだ。

幼い頃から一緒にいた鈴香だけが知っている、雅洸の律儀な優しさを守ってあげたい。そう思ったときから、雅洸に対する感情が変化していった。

憧れの王子様ではなく、強さと弱さがごちゃ混ぜな等身大の人としての雅洸が愛《いと》おしい。

そう納得して顔を上げると、雅洸とふたたび目が合った。

「鈴香にそう言ってもらえるなら、弱気な俺も悪いものじゃないな」

雅洸が静かに笑う。そして「鈴香の前でだけ、ありのままの俺でいられる」と付け足した。

「ありのままの雅洸さん、他の人には見せちゃ駄目です。……もし他の女の人に見せたら、きっとその人も雅洸さんのこと好きになっちゃうから」

嫉妬心《しっとしん》をのぞかせる鈴香を、雅洸が「バカだな」と笑う。

「誰かが俺を好きになるとか、関係ないだろ。俺が好きなのは、鈴香だけなんだから。……いろいろ大変なことがあっても前向きに頑張るお前の姿に、俺がどれだけ励まされてきたか知らないだろ？」

「……」

「鈴香が頑張っていると思うと、俺も頑張れるんだ。鈴香が俺を見てると思うと、格好悪い仕事はしたくないって頑張れた」

「私でも、雅洸さんの支えになれてたんだ……？」

「なにを今さら。鈴香はずっと、俺の支えだったよ」

――信用出来る奴がいるおかげで、本当の孤独に溺れずに生きていける。

刑部がそんなふうなことを言っていたのを思い出す。鈴香にとって雅洸がそうであったのと同じように、雅洸にとっても、鈴香はそんな存在になれていたのだろうか。

「よかった……。私があのとき婚約を破棄したのは、あのまま結婚しても、雅洸さんになにも与えてあげられないと思ったからなんです。だから雅洸さんにそう言ってもらえると、凄《すご》く嬉しい」

「バカだな。……でも、そんなふうに思ってくれて、ありがとう」

今まで一人で抱えていた思いを言葉にした鈴香の唇を、雅洸が塞《ふさ》ぐ。

「…………うっ……はあっ」

唇の間から侵入してくる雅洸の舌に、ピリピリした痺《しび》れを感じた。

雅洸の舌がぬるりと動くのに合わせて、痺《しび》れが鈴香の口内に広がる。それと同時に不慣れな味を感じて、雅洸の口付けから逃げ出した。

「……タバコ吸った直後の舌って、苦い」

舌にまとわり付くタバコの味に、鈴香が眉を寄せる。

苦い口付けを拒《こば》むべく、手の甲を唇に当てた。そんな鈴香を笑い、雅洸はテーブルに置いてあったウイスキーに口を付ける。

「そんなに俺の舌を味わってくれてたんだ」

「……」

雅洸にそう言われると、ひどく気恥ずかしい。

雅洸はウイスキーを口に含むと、感情を持て余している鈴香の手首を掴み、ふたたびキスしてくる。

強く押し付けられた唇から、ウイスキーが流れ込んできた。

雅洸が一度口に含んだウイスキーは、氷による冷たさと彼の体温による温かさが混じり合っている。それが舌を洗い流して喉《のど》へと下りていく。

「——コホッ」

普段口にすることのない、度数の高いアルコールに、鈴香の喉《のど》が驚く。小さく咳《せ》き込む鈴香に、雅洸が「口直しにもう一度」と、またウイスキーを含ませた。

アルコールが通過した喉《のど》が熱い。重苦しい息を吐く鈴香の口内へと、雅洸の舌が侵入してきた。

ゆっくりと絡み付く雅洸の舌に、もうタバコの味はない。芳醇《ほうじゅん》なウイスキーの味が、鈴香の舌を熱く溶かしてくる。

口内の粘膜《ねんまく》を、雅洸の舌が荒々しく貪《むさぼ》る。それだけで体に熱が灯り、どうしようもなく苦しい。

「鈴香、舌を出してごらん」

唇を離した雅洸が、そう命じてくる。

アルコールと濃厚な口付けのせいで冷静な判断力を失っていた鈴香は、雅洸に求められるまま、舌を小さく突き出した。

ためらいがちに突き出された鈴香の舌に、雅洸は自分の舌を淫《みだ》らに絡めていく。

雅洸の舌に愛撫《あいぶ》された唇に、冷えた海風が吹き付けた。それは、ディープな口付けより淫靡《いんび》に鈴香の神経を刺激してくる。

「…………っ！」

キスに集中していた鈴香の胸に、雅洸の大きな手が触れた。

シャワーを浴びたあと、ブラジャーは外している。無防備な胸を雅洸の手が優しく包み込んだ。

鈴香の成長を確かめるようにそっと添えられた手は、徐々に力を増し、鈴香の胸の弾力を楽しむように強く食い込んでくる。

痛みを感じるほど揉んだり、優しく撫《な》でたり。

そうかと思えば、また乱暴に弄《いじ》ってくる。

そうやって緩急《かんきゅう》を付けながら胸の感触を堪能《たんのう》していた雅洸の手が離れ、鈴香の着ているシャツのボタンを二つ外した。

「――っ！」

もともとぶかぶかのシャツが大きくはだけ、アルコールと雅洸の愛撫《あいぶ》で火照《ほて》った胸元に夜風が触れる。

その艶《なま》めかしい刺激に、鈴香は体を硬くした。

「鈴香、隠しちゃ駄目だ……」

はだけたシャツを手で押さえようとする鈴香に、雅洸がささやく。彼の掠れた切なげな声に、鈴香の動きが止まった。

自分の指示に従ったことに満足したのか、雅洸は薄く微笑み、鈴香が着ているシャツのボタンを全て外していく。

そして、あらわになった上半身を眺めた。

「鈴香、綺麗だよ。愛してる。だから恥ずかしがらないで、俺によく見せて」

室内から漏れる明かりを頼りに、雅洸は鈴香の肌を観察する。視線で嬲《なぶ》られる感覚が恥ずかしくてたまらないのに、愛の言葉をささやかれると、彼に身を任せたくなってしまう。

――雅洸さんの声は、まるで魔法みたい。

鈴香の脳を甘く痺《しび》れさせて、正しい判断力や羞恥心《しゅうちしん》を取り上げてしまう。

「――あっ！」

雅洸は、鈴香の肩を支えていた手に力を入れて、彼女の上半身を起こした。そして自分のももをまたがせてベンチに膝《ひざ》立ちさせる。雅洸の眼前に、鈴香の白くふっくらとした胸が晒《さら》された。

恥ずかしさとバランスを保つことの難しさから、鈴香はとっさに雅洸の首筋に手を回す。

でもこうすると、雅洸の顔に胸を押し付けているようで恥ずかしい。

「……」

急いで雅洸の上から下りようとしたけれど、彼のたくましい手が鈴香の腰をしっかり捕らえているので出来ない。

クチュリ、という湿った音と共に、雅洸の唇が胸元に触れた。

「——っ！」

滑《なめ》らかな肌に触れた唇が、今度は鎖骨の浮き出たところに移動する。そして唇で、なぞるように優しく舐めた。

「………っん」

鈴香は、その刺激に眉を寄せた。

肌を舐められただけなのに、下半身にキリキリした痛みが走る。まだ知らぬ淫《みだ》らな刺激を、体の奥がねだっているみたいだ。

その艶《なま》めかしい刺激をどうにかしたくて身をくねらせると、雅洸の手の感触を背中全体で感じる。

その大きな手に、自分の体の全てを支配されていく予感がした。

「鈴香のここ、もう硬くなっているよ」

雅洸の唇が、左胸の先端を捕らえる。

その瞬間、鈴香は大きく背中を反らした。

「……あっ……………はぁっ」

みずみずしくふくよかな胸の中で、そこだけ異質なほど硬くなっている蕾《つぼみ》。雅洸はそれを口に含み、ねっとりと舌で撫《な》でた。

肉厚な舌は、飴《あめ》を溶かすようにゆっくり動いたかと思うと、胸の蕾《つぼみ》を強く押し潰してくる。さらに前歯で強く噛んだり、吸い立てたりと、鈴香を容赦なく翻弄《ほんろう》していった。

鈴香の神経の全てが、左胸に集中してしまう。

雅洸の刺激にいちいち反応する自分が恥ずかしくて、鈴香は肩を震わせながら強く唇を噛んだ。

「鈴香、我慢しないで声を出してごらん。そのほうが気持ちいいよ」

不意に左胸を解放した雅洸が、そう助言する。そして今度は、鈴香の右胸を攻め始めた。

そんなことを言われたからといって、素直に従うわけにはいかない。

鈴香は、今まで以上に強く唇を噛み締《し》めた。そんな鈴香を罰するように、雅洸が右の胸を刺激してくる。

雅洸の熱い舌が、張りのある右胸全体を這《は》い回り、乳輪をことさらねっとりと舐める。それでいて左胸のときとは違い、先端の蕾《つぼみ》には触れてこない。

焦《じ》れったいほど時間をかけて、蕾《つぼみ》以外の場所を刺激され、ぬるぬると舌が滑《すべ》る感覚が肌にまとわり付く。

「…………うっ…………っ」

切ない息を吐く鈴香に、雅洸が「声出せよ」と意地悪に命じた。

「だって……」

耳を澄ますと、波の音が聞こえる。あらわになっている肌が、風からも刺激を受ける。

伊ノ瀬家の敷地内とはいえ、外で声を出すなんて、恥ずかしくて出来るわけがない。

「恥ずかしい？」

「……」

雅洸の問いに、鈴香は素直にうなずく。

それを見た雅洸は「いいことだ」と加虐的《かぎゃくてき》な笑みを漏らした。

「え？」

鈴香が怪訝《けげん》な顔をしていると、雅洸が「いいことを教えてやろうか？」と上目遣いに問いかけてくる。そして鈴香の返事を待つことなく言葉を続けた。

「お前の体は、恥ずかしいほど感じるように出来ているんだよ」

そう宣言して、雅洸の舌がまた鈴香の右胸を襲う。

さらに鈴香の背中に回していた左手を移動させ、左胸を攻めてきた。

強弱を付けながら左胸を揉みしだきつつ、右胸を強く吸いたてる。そうかと思えば、今度は甘噛みしてきた。

熱に似た痛みに、鈴香は背中を反らして喉《のど》を震わせる。

「はぁぁ………あっ。…………やぁっ！」

たまりかねた鈴香が声を漏らすと、雅洸はその声に煽《あお》られたかのように、より激しく鈴香の胸を貪《むさぼ》ってきた。

硬くなった乳首を捕らえた舌が、ねっとりと蠢《うごめ》く。

鈴香が腕に力を込めて雅洸との間に距離を作ると、彼の唾液で濡れた肌に冷たい夜風がヒヤリと触れる。

「放して……っ」

鈴香は、そう懇願した。でもその声が、思いのほか甘ったるくて、言葉と裏腹な響きを含んでしまう。

「放さないよ。何年、お前に触れるのを我慢していたと思う？」

雅洸が「もう待てない」と告げ、鈴香の下腹部へと右手を這《は》わせる。

「あっ……駄目っ！」

鈴香は慌てて止めようとしたが、それより早く、雅洸の手が鈴香のズボンの腰紐を解《ほど》いた。そしてそのままズボンの中へと滑《すべ》り込んでくる。

腰の曲線を撫《な》でるように動く手が、鈴香の引き締《し》まった尻に触れた。

「鈴香、もう少し太ったほうがいいよ」

鈴香の尻を優しく撫《な》でる雅洸が、指に徐々に力を込めてくる。

「雅洸さんっ！」

強く食い込む雅洸の指の感触に、鈴香は身をよじらせた。足を閉じたくても、雅洸の上にまたがっているので出来ない。

雅洸は、鈴香の柔らかな尻の形を確かめるように揉む。それだけでも十分恥ずかしいのに、さらに卑猥《ひわい》な刺激を与えようと、足の間に入り込んできた。

「…………やっ……放してっ」

鈴香は、雅洸の手から逃れようとあがいた。けれどか弱い女の力では、雅洸にはかなわない。

その抵抗すら楽しむように、雅洸の長い指が背後からゆっくり鈴香の足の付け根に触れた。

「あぁぁっ」

雅洸の指がヌルリと動き、鈴香は悶《もだ》える。

「鈴香、もう濡れているよ」

「…………っ」

わざわざ口で言われなくとも、滑《なめ》らかに動いた指の感触でわかっていた。

自覚していても、言葉にされると恥ずかしさが増す。

鈴香は、顔をうつむかせて黙り込んだ。

「自分でもわかるだろう？」

どこかからかうような声で尋ねながら、雅洸が指をさらに深く滑《すべ》り込ませてくる。

しっとりと重なる二枚の花弁。それらを押し広げ、雅洸の指が割れ目を撫《な》でる。

そして割れ目の上にある、濡れた肉芽を指でこねた。

「あっ…………駄目っ！」

鈴香は、雅洸の首に回した腕に力を込めた。

愛液を絡めた雅洸の指が動くたびに、鈴香の体の奥深くから熱があふれ出してくる。

ほんの数口呑んだだけのウイスキーで、酔いが回ったのだろうか。体がふわふわして熱くてしょうがない。

「ほら、もっと濡れてきた」

雅洸がささやく。

ヌルリヌルリと、指が滑《なめ》らかに蠢《うごめ》く。同時に胸を唇で弄《いじ》られ、その甘美な刺激に意識が朦朧《もうろう》としてくる。

「いっ……嫌！」

潤《うる》んだ柔肉に触れる指の感触に、鈴香はビクビクと腰を跳ねさせた。

「嘘は駄目だよ。鈴香のここは、少しも俺の指を嫌がってない」

悶《もだ》える鈴香を嘲《あざけ》るように、雅洸がさらに深く指を沈めてきた。熱く敏感になっている卑肉が、彼の指の関節の盛り上がりを敏感に感じ取る。

鈴香の全身に強烈な電流が流れた。その刺激だけでも十分なはずなのに、体の奥のほうで女の本能がさらなる刺激を求めて疼《うず》く。

「っ……あ……はぁ…………っ、もう…………駄目っ……」

鈴香は腰をくねらせて喉《のど》を鳴らした。

雅洸の視線に晒《さら》されながら身悶《みもだ》えるのはひどく恥ずかしいことなのに、体の反応を抑えられない。

波の音より、自分の喘《あえ》ぎ声が耳に付いて恥ずかしい。

「自分の中が、ビクビク震えているのがわかるか?」

鈴香の蜜壺を長い指でかき回しながら雅洸が聞く。

「……っ」

鈴香が黙り込んでいると、雅洸の指が、熱く膨《ふく》れた肉芽を小刻みにさする。

それだけで視界がチカチカと点滅し、体がわなないた。

一気に駆け上《のぼ》ってくる悦楽に、羞恥心《しゅうちしん》すらなくしてしまう。

「やっ――!」

鈴香は雅洸の首筋にしがみ付き、声を押し殺すことを忘れて、切ない悲鳴を上げた。

そして次の瞬間、雅洸の腕の中で脱力する。

そんな鈴香を強く抱きしめ、雅洸が耳元に顔を寄せた。

「鈴香、これで満足?」

鈴香の背中を支えながら、「もっと気持ちよくしてほしいんだろ?」と甘い声で誘う。

「……」

絶頂に達した体は、動くのも億劫《おっくう》なはずなのに、下半身の奥がもっと強い刺激を求めて疼《うず》く。

「俺もまだ物足りないよ。もっと深い場所まで、鈴香に触れたい」

雅洸の吐き出す息が熱い。

「ここで?」

いつの間にかズボンと下着は、もものあたりまでずり落ちている。シャツの前もはだけているので裸に近い姿だ。それだけでも十分恥ずかしいのに……

忘れていた羞恥心《しゅうちしん》を取り戻す鈴香に、雅洸が不敵な笑みを見せた。

「その言い方だと、ここじゃなければいいのか？」

「……」

そう言われると、返答に困る。黙り込む鈴香に短い口付けをして、雅洸はさらに言う。

「沈黙は、肯定のサインだ」

愛蜜の筋を残し、雅洸の手が鈴香の下半身から離れた。その手を鈴香の膝《ひざ》の裏へ回すと、彼は鈴香をお姫様抱っこした。

「えっ！　キャアッ！」

突然の浮遊感に驚く鈴香を抱きしめ、雅洸は室内へと入っていった。


雅洸は自室に入ると、鈴香を優しくベッドに下ろした。

「ここなら文句ない？」

ベッドの端に腰かけた雅洸が、正座を崩したような姿勢で座る鈴香に尋ねる。

部屋の照明は点《つ》いていないが、廊下《ろうか》から差し込む明かりで、雅洸の表情を見て取ることが出来た。

薄暗い部屋で見る雅洸は、怖いほど野性的な眼差しをしている。

その目に見据えられているだけで、体温が上昇して口の中が渇《かわ》いてしまう。

鈴香がゴクリと固唾《かたず》を呑むと、雅洸の手が頬《ほお》に触れた。

雅洸は、鈴香の返事を待たずに唇を重ねてくる。

そして左手で鈴香の後頭部を支え、右手で鈴香の肩を撫《な》でた。そうするだけで、全てのボタンが外されていた麻のシャツは、するりと脱げ落ちる。

あらわになった胸元が恥ずかしくて、鈴香は雅洸の視線を避けるために体を密着させた。

すると雅洸は鈴香の顎《あご》を持ち上げ、覆《おお》いかぶさるようにしてその唇を塞《ふさ》ぎ、深く舌を忍び込ませてくる。

「…………っ」

呼吸の隙《すき》すら与えないディープな口付けに目眩《めまい》がする。

鈴香は、雅洸の体を押して息苦しさを伝えた。

雅洸は舌を鈴香の口から抜き出し、唇の端を舌でなぞる。そして唾液の跡を付けながら、舌を首筋へと進めていく。

雅洸の舌が、首筋から鎖骨、肩へと移る。その動きに合わせて、鈴香の肌にぞくぞくした痺《しび》れが走った。

体を小さく震わせる鈴香の肩を、雅洸が軽く押す。それだけで鈴香は体のバランスを崩し、仰向《あおむ》けに倒れてしまった。

雅洸はそのまま鈴香の上にまたがり、自分の服を脱いでいく。あらわになっていく雅洸の体は、ほどよい筋肉が付いていて、男のたくましさを感じた。

彼は曝《さら》け出された鈴香の上半身に視線を向けた。

その視線が恥ずかしくて、鈴香は「見ないで……」と両手を伸ばして遮《さえぎ》ろうとした。

「隠しちゃ駄目だよ」

雅洸は鈴香の両手を掴み、その甲に口付けすると、彼女の頭の上にまとめて押さえた。そして彼女の顔をのぞき込む。

「……雅洸さん」

雅洸の視線が、淫《みだ》らな熱をたたえて潤《うる》んでいる。視線と視線を絡ませているだけで、互いの熱情が共鳴して鈴香の体が疼《うず》く。

「鈴香、いいことを教えてやろうか？」

鈴香の両手を束ねて押さえながら、雅洸が耳元でささやいた。

「……」

恥ずかしくて、なにを？　という言葉すら出てこない。そんな鈴香に雅洸がふたたびささやく。

「男って、拒否されるほどムキになる生き物なんだよ」

鈴香が拒《こば》んだから。雅洸は、そう言いたげにニヤリと笑う。

そして鈴香の両手を左手で押さえたまま、右手で下半身もあらわにしていく。

もともと脱げかけていたズボンと下着は、雅洸の手の動きに合わせてスルリと落ちた。

雅洸は、そのまま鈴香のももを優しく撫《な》でる。ももの外側から内側へと動いた指が、鈴香の足の付け根に触れた。

雅洸は、鈴香の潤《うるお》いを確認するように、肉襞《にくひだ》の合わせ目に指を這《は》わせる。

そのことで、自分の中からまだ蜜があふれているのが鈴香にもわかった。

「………あっ」

絶頂の余韻《よいん》が残っている体は、少しの刺激にビクッと跳ねた。

「鈴香、凄《すご》くいやらしい顔をしているよ」

細い眉を寄せる鈴香の顔をのぞき込みながら、雅洸は指で秘所を探る。

熟く熟《じゅく》した小さな膨《ふく》らみを二本の指で挟まれると、それだけで体に痺《しび》れが走った。

「あぁ………っぁ」

嬌声《きょうせい》を抑えることが出来ない。

雅洸は、敏感に反応する鈴香の表情を確かめながら、指を中へと沈めてくる。

「見ないでっ」

鈴香がうわずった声で懇願すると、雅洸が唇を加虐的《かぎゃくてき》に歪《ゆが》めた。

その笑い方を見て、こういう言葉が雅洸の欲情を煽《あお》ってしまうのだと気付いた。だからといって「見てください」なんて、とても恥ずかしくて言えない。

「ん………ハァッ………っもう……」

蜜壺に沈んだ指が、敏感な粘膜《ねんまく》を優しく刺激する。

「もう？　もう挿《い》れてほしい？」

駄目だと言えば、雅洸はさらに鈴香の体を翻弄《ほんろう》するだろう。

かといって、うなずくことも出来ない。

せめて視線を遮《さえぎ》りたいのだけれど、手を押さえられているのでそれも出来なかった。

雅洸は、そんな鈴香の状況を承知した上で「沈黙は肯定のサインだ」と薄く笑う。

その一言に、下半身の奥がキリキリと痛んだ。

「――っ！」

雅洸は眉を寄せる鈴香の表情をのぞき込み、両手を押さえていた左手を離す。そして上半身を起こすと、浅い息を吐く鈴香の両膝《りょうひざ》を掴み、そのまま大きく押し広げる。

「あ――っ！」

鈴香の花唇があらわになる。そこをまじまじと見つめられるのは死ぬほど恥ずかしい。

恥ずかしくてしょうがないのに、体の奥からは淫《みだ》らな熱があふれてくる。

「駄目っ」

無駄なことだとわかりつつ、そう懇願せずにはいられない。

消え入りそうな声を出す鈴香に、雅洸が問いかける。

「俺に見られていると思うと、恥ずかしくて濡れるのか？」

「……」

意地悪な質問だ。否定したいけれど、そんな嘘、すぐにバレてしまうに決まっている。

「大丈夫。暗くてハッキリとは見えないよ。……確かめる方法は、他にもあるけど」

そう言って雅洸は、鈴香の膝《ひざ》を押し広げ、足の付け根に顔を寄せてきた。

「やあっ！」

鈴香は慌てて足を閉じようとした。でも膝《ひざ》を押さえる雅洸の力が強くて、それが叶わない。

くちゅり、という粘《ねば》っこい水音と共に、雅洸の舌が花唇を撫《な》でた。

「あぁ――っ」

熱い舌が、鈴香の花唇を上から下、下から上へと這《は》う。それだけで、指での愛撫《あいぶ》とは比べ物にならない刺激が体を突き抜ける。

「なんだ、俺の想像以上に濡れているじゃないか」

「………っ」

恥ずかしくて、鈴香は強く唇を噛んだ。

雅洸は、そんな鈴香の足をさらに押し広げ、よりしつこく舌を這《は》わせてくる。

――舐めちゃ嫌……

そう思っても、言葉にすることは出来ない。言葉にすれば、雅洸はそれと反対の行動を取るに決まっている。

鈴香は必死にシーツを掴んで頭を横に振った。

雅洸は、愛露に濡れる鈴香の花唇を、ねろりねろりと丹念《たんねん》に舐めてくる。

その舌の動きに、体が無意識にわなないてしまう。

「………ハァッ………あぁぁっ」

体の奥から止めどなく蜜があふれてくる。

鈴香が思わず「もう駄目」と声を漏らすと、雅洸はさらに執拗《しつよう》に舌を這《は》わせてきた。

雅洸の舌が、熱く膨《ふく》れた肉芽を潰す。

それだけで、激しい歓喜が体を突き抜けた。

鈴香は背中を反らして嬌声《きょうせい》を上げる。

「やぁ――っ…………あぁっ」

「もうこんなに感じて、ずいぶんいやらしい子に育ったね」

雅洸は、淫《みだ》らな蜜に潤《うる》んだ唇でささやいた。そしてすぐにまた花唇に口付け、舌を動かす。

喉《のど》が渇《かわ》ききった獣が水を求めるように、雅洸は貪欲《どんよく》に鈴香の蜜を貪《むさぼ》る。

舌を這《は》わせ、花唇を吸い、ときには蜜壺の奥まで舌を押し込んだ。

そのたびに未知の感覚が体を突き抜け、鈴香の意識を朦朧《もうろう》とさせていく。込み上げる快楽に、体がビクビク痙攣《けいれん》してしまう。

蜜壺も肉芽も、雅洸の舌に溶かされそうだ。

「ハアッ――あぁあっ…………。もう…………」

「もう……挿《い》れてほしい？」

熱に潤《うる》んだ眼差しを向ける鈴香に、雅洸が顔を上げて問いかける。

下半身が痛いほど収縮している鈴香は、おずおずと小さく首を動かした。

それを見た雅洸が、「いい子だ」と愛蜜で潤《うる》んだ唇を歪《ゆが》める。その微笑み方に、鈴香はドキリとした。

気持ちを落ち着かせようと目を閉じた。そうしていると、瞼《まぶた》が激しく痙攣《けいれん》する。

大きく深呼吸する鈴香の耳に、机の引き出しを開けるような音が聞こえた。薄く目を開けると、雅洸が避妊具を装着しているのが見えて、いよいよなのだと思う。

「鈴香、挿《い》れるよ」

そう宣言した雅洸は、緊張する鈴香の蜜壺を優しくひと撫《な》でする。そのまま鈴香に覆《おお》いかぶさり、自分のものを掴んで足の間に入れてきた。

「あ……ぁっ…………んぅっ」

雅洸のものが蜜壺の入り口に触れただけで、体が勝手に跳ねてしまう。

これまで散々《さんざん》舌に翻弄《ほんろう》されていた蜜壺が、その先の刺激を求めてヒクついた。

「雅洸さん……」

「鈴香……」

思わず名前を呼ぶ鈴香に、雅洸も呼び返す。

そして熱く滾《たぎ》った肉杭を、鈴香の花唇へと押し付けた。

敏感な粘膜《ねんまく》を、硬く熱い竿で突き上げられる。

ピリピリとした痛みを感じた鈴香は雅洸にしがみ付き、大きく目を見開いた。

「アァァアッ」

喘《あえ》ぎ声を漏らす鈴香の蜜路を、雅洸の肉竿が押し広げていく。

膜を突き破って進んでくるのを感じ、鈴香は自分の体が雅洸に支配されていくような錯覚に陥《おちい》った。

息が止まりそうなほどの圧迫感が、下半身を襲う。

肉を裂かれる鈍痛を必死にこらえる鈴香。その体の奥で、雅洸のものがズルリと動いた。

「――ッ」

「鈴香、我慢して。だんだん気持ちよくなるから」

露骨《ろこつ》に顔を歪《ゆが》める鈴香に、雅洸がささやく。

そうしながら、己《おのれ》の肉杭をゆっくりと奥へと進めた。

「あぁぁ…………あっ」

鈴香は痛みから逃れたくて、雅洸の首に回している手に力を込めた。

鈴香がそうしている間も、雅洸は腰を前に動かす。

雅洸の腰に押されて、鈴香の足が大きく左右に広がった。そうなることで雅洸のものがより深く鈴香の中に沈み込む。

肉棒を体の奥深くまで沈めると、雅洸はようやく腰の動きを止めた。

ジンジンと脈打つ膣で雅洸のものを受け止めていると、痛みとは違うムズムズしたなにかが、体の奥から込み上げてきた。

「うん…………っ」

そのもどかしい感覚に、無意識に甘い声が漏れてしまう。

鈴香のその声に反応し、雅洸が少しだけ腰を揺らす。ほんの微《かす》かな動きだったのに、鈴香は膣内を激しくこね回されたような感覚に襲われた。

思わず背中を反らせる鈴香に、雅洸がまたささやく。

「大丈夫。そろそろ気持ちよくなってくるから。……ほら、怖がらないで、体の力を抜くんだ」

その言葉に従い鈴香が体の力を抜くと、雅洸が腰を動かす。

下から上へとゆっくり揺さぶられるだけで、鈴香の意思とは関係なく、なにかをねだるように媚《び》肉《にく》がうねった。

「――っ」

優しくこすられるうちに秘裂の痛みが薄れ、いつしか甘美な熱が生まれてくる。

それを見て取ると、雅洸は肉竿を鈴香の中からズルリと抜き出した。ただし完全に抜き去るのではなく、亀頭部分を膣の浅い部分に留まらせる。

そうされると、花唇が雅洸のものを欲しがるかのごとくヒクヒクと動いてしまう。

「鈴香のここが、俺のものを欲しがっている」

「ちっ、違…………」

そんな恥ずかしいことを言わないでほしい。そう言いたいのだけれど、言葉が続かない。鈴香は熱に潤《うる》んだ目で見上げることしか出来なかった。

そんな鈴香に、雅洸が軽い口付けをして問いかける。

「もっと気持ちよくなりたい？」

「……」

なにも言えない鈴香の顎《あご》を指で捕らえて、雅洸はなおも問いかけた。

「声にしなくていいから、正直に教えるんだ。もっと気持ちよくしてほしい？」

「…………っ」

鈴香が固唾《かたず》を呑み、わずかに首を縦に動かす。

雅洸は鈴香の額《ひたい》に「いい子だ」と口付けすると、腰の動きを再開した。

「んっ…………ハァッ…………ぁふっ」

奥深くまで沈み込んでくるものの感覚に、自然と声が漏れてしまう。雅洸は一度埋《うず》めた肉竿を途中まで抜き出し、またすぐに深く貫いてくる。

その荒々しい律動《りつどう》にふたたび痛みを感じ、鈴香は眉を寄せた。

でもその動きを繰り返されるうちに、体の奥から痛みとは異なる感覚が、徐々に湧き出してくる。

膨張した亀頭に膣壁の果てを突かれ、ビリビリした甘い痺《しび》れに包まれた。

「あっ……雅……っ洸さ………」

鈴香が切ない声を上げると、雅洸はその声に煽《あお》られたように、さらに奥を攻め立てる。

痛みと快楽の混じり合った感覚に、頭がどうにかなってしまいそうで怖い。

それなのに鈴香の本能は、さらなる刺激を求めている。

存在を刻み込むように激しく腰を打ち付けられていると、その淫《みだ》らな摩擦《まさつ》熱で全身が溶けていくような錯覚に陥《おち》った。

視界の端にチリチリとした光が走るのを感じて、鈴香が切羽詰《せっぱつ》まった声を上げる。

「雅洸さん…………もう本当に…………」

すると、雅洸が急に腰の動きを緩《ゆる》めた。

「もう限界？」

焦《じ》らすように浅いところをこすりながら、彼が問いかけてくる。

淫《みだ》らな刺激に翻弄《ほんろう》され、冷静さを失っている鈴香は、「はい」と素直に認めた。

雅洸は悦《えつ》に入った笑みを漏らすと、一気に腰を沈める。

「はっあっはっ……………あぁぁっ」

とろけた体を二度、三度と肉竿で激しく突き上げられる。

その刺激がたまらなくて鈴香が身悶《みもだ》えていると、雅洸はさらに激しく腰を揺さぶった。

「あぁ――っ！」

ビクンッと、激しく足が引きつり、鈴香の背中が弓なりに反る。そして次の瞬間、一気に脱力した。

その動きから彼女の限界を読み取った雅洸は、激しく鈴香の奥を突き上げ、自分の欲望をドクドクと放出した。そして避妊具に包まれた自身を抜き出すと、強く鈴香を抱きしめた。

「鈴香っ」

名前を呼ばれただけなのに、体が甘く疼《うず》いた。熱い肌が触れ合い、雅洸の気持ちが伝わってくる。

「雅洸さん……」

鈴香は愛しさを込めて、雅洸の名前を呼び返した。

◇◇◇

ピピピッピピピッピピピッ。

「――っ！」

突然のアラームの音に驚いて、鈴香は飛び起きた。

見慣れない寝室に戸惑った次の瞬間、下半身に違和感を覚える。そのまま視線を下に向けて、思わず息を呑んだ。

――雅洸さん……

雅洸が、鈴香の腰にしがみ付いて寝息を立てている。

彼の寝顔を見て、昨日の出来事を思い出した。

濃厚な夜のことだけでなく、刑部に迷惑をかけてしまったことも。

時計を確認すると、午前六時。シャワーを浴びて身支度してから別荘を出ても、七時半にはミズモトに着ける。

――とりあえず、タクシー呼んでシャワーを浴びて……

やるべきことの順序を決めていく。そうしながらベッドを抜け出そうとする鈴香の腰を、雅洸が強く抱きしめてきた。

「鈴香……」

寝起きの掠れた声が聞こえた。

「雅洸さん」

「ミズモトに行くんだろ？　送るよ」

そう言いつつ、雅洸が動き出す気配はない。

「雅洸さん、寝起き悪いんですか？」

「ん……」

あらわになっている上半身を隠すことなく、雅洸は仰向《あおむ》けになって髪をかき上げた。

クシャクシャの髪を撫《な》で付け、ぼんやりと天井を見上げたが、そこで動きが止まってしまう。

――なんか意外。

子供の頃には気付かなかった雅洸の可愛い一面に、つい笑ってしまう。

「大丈夫です。タクシー呼びます」

鈴香はそう言って、雅洸の頭をクシャクシャと撫《な》でた。

――こんなことする日が来るなんて、思いもしなかった。

硬くストレートな髪の感触に目を細める鈴香に、雅洸が言う。

「その後、ここに帰ってくるよな？」

帰ってきて、とお願いするように、鈴香の腕を強く掴む。

そんな雅洸の腕をそっと撫《な》でた鈴香は、「はい」と返してベッドを抜け出した。

◇◇◇

「無事に納品出来てよかったな」

車を運転する雅洸の言葉に、鈴香は笑顔でうなずく。そして今しがた刑部と話していたスマホを鞄《かばん》に戻した。

サンプルを渡す際、「不明な点があれば私の携帯にお電話ください」と伝えておいたら、東京に戻る車が鎌倉市内から出るのを待たず、刑部から電話があった。

助手席で資料を広げて対応すること二十分。やっと納得した刑部が「今回のこと、笑い話に出来るかどうかは、あんたのこの先の頑張り次第だよ」と言い残して電話を切ったのだ。

刑部には、まだ鈴香と仕事をする気持ちがある。それがわかって嬉しかった。

それに、雅洸のことをあれこれ詮索されることもなかった。刑部の性格から察するに、会社で私的な話をするつもりはないのだろう。

――プライベートに仕事を持ち込むくせに、仕事にプライベートは持ち込まないんだ。

なんとも刑部らしいと、鈴香は頬を緩《ゆる》めた。

「刑部さん、いい人だな」

「うん」

素直にうなずく鈴香に、雅洸がためらいがちに切り出した。

「お前が望むなら、もう婚約解消していいよ」

「……」

昨日、お互いの気持ちを確かめ合ったばかりなのに。

心の温度が下がりかけた鈴香に、雅洸がこう続ける。

「俺と鈴香って、年齢も趣味も違うし、許嫁《いいなずけ》じゃなかったら、出会うこともなかっただろう。もし俺の許嫁《いいなずけ》じゃなかったら、鈴香は他の誰かと結婚して、幸せに暮らしてたんだろうな……って、思う」

「うん」

目の前の信号の色が赤に変わり、雅洸が滑《なめ》らかにブレーキを踏む。

雅洸の言う通りだ。

与えてもらう幸せに慣れていた昔の鈴香は、なんの疑問を持つこともなく、親が決めた婚約者と結婚して、ハナミヤ産業の社長令嬢という肩書きに守られて、なに不自由なく生きていたのだろう。

その人生に、雅洸が許嫁《いいなずけ》であるかどうかはあまり関係がない。他の人が許嫁《いいなずけ》でも、同じように生きていたはずだ。

そんなことを考えていると、雅洸がハンドルにもたれながら鈴香の目をのぞき込んできた。

「だから、早く結婚して安心したかった。なにかキッカケがあれば、鈴香は簡単に誰かのものになってしまう気がして、焦ってたんだ」

思いがけず弱音を吐いた雅洸は、すぐに強気な顔を見せて「でもそれは、間違いだったんだろうな」と言う。

「……？」

「ハナミヤ産業が倒産しなくても、許嫁《いいなずけ》が俺以外の誰かでも、鈴香はいつか自分の置かれている環境に疑問を持って、自立心を持って生きていくことを選んだんだと思うよ。きっとどんな境遇でも、自分の隣に立つ男を自分で選んでいただろう。そして俺は、そんな前向きな鈴香にどこかで出会って、必ず好きになっていたと思う」

「……」

恥ずかしげもなく愛の告白をしてくる雅洸の目を、鈴香はまじまじと見つめ返す。

――この人と対等に話したい。そう思って、今まで頑張ってきたんだ。

「俺がすべきなのは、そんな鈴香に選んでもらえるように努力することだ。だから、結婚とか許嫁《いいなずけ》とかどうでもいいから、俺と仲良くして。……で、その先で気が向いたら、俺と結婚してほしい」

――仲良くして……

まるで小学生のような言葉だ。でもそれを雅洸に言われると「愛している」より心の深い部分に触れる。

昔の関係では決して聞けなかった言葉で、雅洸が鈴香を対等な人間として見てくれている証《あかし》だったから。

こうして向き合ってみて、改めて雅洸の魅力に気付くことも出来た。

刑部の言う通り、子供の頃からこんなハイスペックな人を目にしてきて、他の誰かを好きになれるはずがない。

鈴香は、観念して素直に微笑んだ。

「昔からずっと仲良くしてました。ただ、好きの種類が変わっただけで……」

子供の頃は、ただの憧れでしかなかった。でも大人になった今、同じ目線に立って見た雅洸の姿に惹《ひ》かれている。

それは、憧れとはまったく違う、とても深い愛情だ。

「そうだな」

雅洸は表情を緩《ゆる》めて身を乗り出すと、鈴香の頬《ほお》に口付けする。

明るい場所での口付けが恥ずかしくてうつむく鈴香に、雅洸が「じゃあ、仲の良い恋人関係から始めよう」と嬉しそうな声で言った。

6　二人の覚悟

ある日曜日の昼下がり、鈴香は人で賑《にぎ》わう繁華街を急ぎ足で歩いていた。

人の波を上手にかわしながら進んでいくと、目指すカフェが見えてきた。

——雅洸さん、もう来てる。

通りに面した窓越しに雅洸の姿を確認して、自然と駆け足になる。

鈴香が店に入ると、すぐに雅洸が気付いて軽く手を上げた。

「起きられたんですね」

雅洸の向かいの席に腰を下ろした鈴香が、からかうように言う。読んでいた本に栞《しおり》を挟んで閉じた雅洸は、鈴香を軽く睨《にら》んだ。

「この時間なら、余裕だよ」

仲良しの恋人関係から始めよう。――そう約束を交わして最初の日曜日、手始めに鈴香のほうから雅洸をデートに誘ってみた。

朝が弱い雅洸に合わせて、約束の待ち合わせを午後にしておいたのだ。

「よかったです」

そう言うと、鈴香はウエイターに飲み物を注文した。

「わざわざ待ち合わせしなくても、家まで迎えに行ったのに」

デートの際、いつも鈴香を家まで送り迎えしていた雅洸としては、外で待ち合わせするのが不満のようだ。

「それじゃあ、雅洸さんに悪いです。こうやって、お互いの家からアクセスしやすい場所で待ち合わせをしたほうが、雅洸さんだってゆっくり本を読む時間が持てるじゃないですか」

鈴香の言葉に、雅洸が黙って読んでいた本を鞄《かばん》にしまう。

雅洸が読んでいたのは、仕事に関係ない海外ミステリーの原書だった。

「まあ、そうだけど……」

「義務感で送り迎えしなくても大丈夫ですよ。私も、もう大人なんだから」

「義務感じゃなく、鈴香のために時間を使いたいんだよ」

「……」

雅洸がサラリと口にする言葉がくすぐったい。

鈴香は照れ隠しに髪を耳にかけつつ、「じゃあ、帰りは送ってください」と返した。

それを聞いて、雅洸が満足げにうなずく。

「で、映画は何時から？」

鈴香の注文した紅茶が運ばれてきたタイミングで、雅洸が腕時計を確認した。

「二時半からです」

チケットは、鈴香が事前にネットで購入してある。映画館はここからそう遠くない場所にあるので、ゆっくりお茶を飲んだ後で向かっても大丈夫だ。

そう話す鈴香に、雅洸も納得した様子でコーヒーを啜《すす》った。

「なんか変な感じだな」

雅洸が、しみじみと呟《つぶや》く。

「なにがですか？」

「鈴香にデートの目的地を決められるのも、その映画のチケットを準備してもらうのも、なんだか不思議な気分だ」

「ああ……」

確かに。昔は雅洸がデートの行き先を決め、その準備も雅洸がしてくれるのが常だった。鈴香がデートの行き先を決めたのは、これが初めてのことだ。

「あの頃とは、色々と違うんです」

「そうみたいだな」

雅洸がうなずくと、二人の間に愛《いと》おしい沈黙が流れる。

少しの気まずさも感じない沈黙を味わうように、鈴香も自分のカップに口を付けた。

◇◇◇

『出張のお土産《みやげ》いる？』

尚也からそんなメールをもらったのは、十月最初の水曜日のことだった。

しばらく仕事でフランスに出張していたという尚也のメールには、『女子ウケするけど、自分では使いたくないから、もらってくれるなら飯を奢《おご》ってやる』とも書かれていた。

どうやら女友達に配るお土産《みやげ》を多めに買いすぎてしまい、その処理に困っているらしい。

尚也と最後に会ったのは、雅洸が帰国して半月ほど経った頃。雅洸がうっとうしいと居酒屋で愚《ぐ》痴《ち》ったのが最後だ。

その後、雅洸との関係が大きく変わったことはまだ報告していないので、一度会って話したいと鈴香も思っていた。

ちょうどＩＮＳとの商談も鈴香の手を離れ、これから先は安定した材料の調達や生産ラインの確保といった、別部署の仕事になっていく。

急いで抱えている仕事もなく、時間の余裕があった。

尚也は雅洸とも仲が良いので、雅洸の口から聞いているかもしれない。それでも一度自分から報告しておきたいと思い、鈴香はその誘いに乗ることにした。


尚也のお土産《みやげ》は、バラの形をした石鹸《せっけん》だった。

繊細《せんさい》なレースをあしらった布張りの箱の中に、本物そっくりのバラの形をした石鹸《せっけん》が収められている。鼻を近付けると、フィルムで密閉されている状態でも、ほんのり優しい匂いがした。石鹸《せっけん》本来の用途ではなく、芳香剤《ほうこうざい》を兼ねたインテリアとして作られたものなのだろう。

確かに捨てるにはもったいないが、三十過ぎの男が自分用として使うのは気恥ずかしい品だ。

「何個かあるから、よかったら友達にもあげて」

バーなのに、一押しメニューはなぜかカレーという尚也のご贔屓《ひいき》の店。そのカウンターに座る鈴香に、尚也は同じ箱が数個入った紙袋を手渡した。

「ありがとう」

お礼を言って紙袋の中をのぞき込む鈴香の頭には、自然と千夏の顔が浮かんでいた。

――広瀬さん好きそう。それに確か、佐々木さんにも中学生の娘さんがいたよね。

ミズモトの件では迷惑をかけてしまったので、お詫びの意味も込めてお裾《すそ》分けするのもいいかもしれない。

「お前……なんか元気そうだな」

バラの石鹸《せっけん》を誰に渡そうかと考えていた鈴香の顔を見て、尚也が言う。

「元気だけど？」

なにか不満でも？　と片方の眉を持ち上げる鈴香に、尚也が「なんだ、心配してやったのに」と息を吐く。

「心配？」

鈴香は、紙袋と自分の鞄《かばん》をカウンター下のラックに置きつつ首をかしげた。

「いや、最近色々あったみたいだから」

「最近？」

「雅洸とのこと……」

「ああ」

前屈みになっていた鈴香は、姿勢を直しつつ「雅洸さんからどこまで聞いてる？」と聞く。

「雅洸からは……なにも聞いてないよ……」

そう答える尚也の表情は、なぜか気まずそうだ。

「……そうなの？」

腑《ふ》に落ちない顔をする鈴香に、尚也は「雅洸からはなにも聞いてないけど……」と言って首筋をかく。

「聞いてないけど？」

「……なんか、お前たちが正式に婚約解消したって噂《うわさ》を耳にしたもんで。……っていうか、他にも……」

尚也の視線が妙に気遣わしげで、なんだか申し訳なくなる。

鈴香はひらひらと手を振り「違うよ」と笑った。

「え？　違うのか？」

「違わないと言えば、違わないけど……」

「どっちだよ」

焦《じ》れったそうにする尚也に、鈴香は照れた笑みを浮かべる。

「大人が勝手に決めた許嫁《いいなずけ》の関係はやめにして、ただ普通に『仲良し』から始めることにしたの。だから婚約は解消したけど、私と雅洸さん、前よりずっと親しくしてる。今週の土曜日も、食事の約束をしてるくらいだよ」

婚約解消を決めたあの日を境《さかい》に、雅洸との関係は今までと違ったものになった。

鎌倉で過ごしたあの日、お互いの気持ちを確認してから、恋人としての関係が始まっている。

対等な恋愛関係だからこそ、「愛している」と言ってくれた雅洸の言葉を信用することが出来る。

が、そこまで詳しく尚也に話すのは恥ずかしい。

不思議そうな顔をする尚也に、鈴香は「問題ないよ」と微笑む。

そんな鈴香に、尚也が怪訝《けげん》な表情を見せた。

「俺が聞いた話と、なんか違うな……」

「尚《なお》ちゃんの聞いた話って？」

キョトンとする鈴香に、尚也が説明した。

「いや、俺の学生時代からの友達や、仕事関係のお得意様たちからは、雅洸がお前との婚約を正式に解消して、三鷹《みたか》家の次女と婚約したって聞いたから」

「なにそれ？」

初めて聞く話に、驚きを隠せない。

三鷹家とは、医療機器の開発に力を入れている会社の経営者一族だ。その家の娘が鈴香の通っていた高校の二学年上にいたことは、なんとなく覚えている。

驚くと同時に、品のある美少女の面影《おもかげ》が脳裏をよぎった。

——あの人のことかな……

学生時代から艶《つや》やかな黒髪をした知的な美少女だった記憶があるので、今はさらに美しくなっているだろう。

彼女の家柄なら伊ノ瀬家のお眼鏡《めがね》にもかなうだろうから、ありえない話ではない。

でも……と、鈴香は余裕のある表情を見せる。

「そんなのただの噂《うわさ》だよ。雅洸さんが、私に黙って他の人と婚約なんてするはずないもん」

「そうか？　雅洸がその三鷹家の次女と見合いしたって話も聞いてるから、あながちただの噂《うわさ》とも思えないんだけど……」

尚也はどこか腑《ふ》に落ちない様子だ。

「……でも本当に、ただの噂《うわさ》に過ぎないと思うよ」

「ずいぶん自信があるんだな」

「自信っていうか、雅洸さんを信じてるの。……ていうか、信じたい」

雅洸のことを本当に好きだと思うからこそ、根拠なく邪推《じゃすい》して、この気持ちを汚したくない。

その言葉に安心したのか、尚也は一度大きくうなずくと、明るい表情を見せた。

「まあ、鈴香が気にしてないならいいか」

「心配してくれてありがとう」

どうやらこのお土産《みやげ》は、鈴香の様子を見るための口実だったらしい。

お礼を言ったところで、ちょうど頼んでいたカレーがカウンター越しに出された。

鈴香と尚也が、順番にそれを受け取る。

ホッとした様子でカレーをパクパク口に運んでいた尚也が、ふと、なにかに気付いた様子でニヤリと笑った。

意味ありげな視線を向けられ、同じくカレーを食べていた鈴香が眉を寄せる。

「なによ」

「じゃあ、お前ら付き合ってるんだ」

「まあ、一応……」

今の雅洸との関係は「付き合っている」で間違っていないはずだ。

その事実に、つい照れてしまう。

すると尚也が、さらに顔をにやつかせた。

「なに、どっちから告白したの？　キッカケは？」

尚也にも報告はしたいと思っていたけど、改めて質問されると気恥ずかしさが先に立つ。

「自然の流れ、っていうやつだよ」

その一言で片付けようとすると、尚也は「そんなわけあるか」と素早く否定した。

「子供の頃からの許嫁《いいなずけ》っていう関係、それを解消した上でのお付き合い。それのどこが自然の流れなんだよ。自然の流れなら、普通はそのまま結婚するだろ」

「まあ、確かに……」

そう言われると、否定しにくいものがある。

あの日、鎌倉の別荘で気持ちを確かめ合ったのは、二人にとってはとても自然な成り行きだったと思う。だけれど、そのいきさつをきちんとした言葉で説明するのは難しい。

そして、なにより恥ずかしい。

鈴香はチラリと尚也を見て、すぐに目を逸《そ》らした。

尚也の物言いたげな視線がうっとうしい。

「なあ、教えろよ。どっちから告白したんだ？　雅洸が、ついに『愛している』とか恥ずかしい台詞《せりふ》を口走ったのか？」

「黙秘します」

そう言ったきり、黙々とカレーを食べていると、尚也が鈴香の前に置かれているグラスに自分のグラスを軽くぶつけてきた。

「噂《うわさ》は気になるが、とりあえずおめでとう」

「……」

尚也の祝辞に、ぺこりと頭を下げる。

でも心の片隅には、尚也の「とりあえず」という言葉が引っかかっていた。

雅洸の気持ちを疑うつもりはないが、相手の名前が明確になっている噂話《うわさばなし》には、それなりの根拠があるのかもしれない。

――だとしたら……

鈴香は、ある人の姿を思い出す。

長身で細身、痩《や》せた頬《ほお》に深い縦皺《たてじわ》があり、目立つ白髪《しらが》を撫《な》で付けていたあの人。鈴香との婚約を推《お》し進めた、雅洸の伯父である伊ノ瀬豊寿だ。

――子供の頃は、あの白髪《しらが》のせいでお年寄りだと思ってたけど……

大人になった今思い返すと、若白髪《わかしらが》だっただけで、今やっと五十代後半といったところだろう。

昔から、野心家で攻撃的なビジネスをすると評判だった。子供の頃の鈴香も、いつも口元だけで笑い、目が笑っていない豊寿には、根拠のない恐怖を感じていた。

今にして思えば、子供心にも豊寿の貪欲《どんよく》さがわかって怖かったのだろう。

現在の豊寿は、年齢と経験を積み重ねた分、より貪欲《どんよく》かつ狡猾《こうかつ》にＩＮＳ社長の座を狙っているはず。

そんな彼なら、自分の利益のために雅洸の縁談を勝手に進めかねない。

――もともと私と雅洸さんの婚約も、政略結婚だったんだから。

会社の利益に繋がる女性を新たに選び、雅洸に縁談を勧めることもありえる。

鈴香は、自分の心に溜まった苦いものを呑み込むために、目の前のお酒を呑み干した。

そして乱暴に口元を拭《ぬぐ》って、「大丈夫」と大きくうなずく。

「雅洸さんのこと信じてるから」

長い年月をかけて培《つちか》った二人の気持ちが、そう簡単に揺らぐはずがない。

自信を持ってうなずく鈴香の姿に、尚也も安堵の表情を見せた。

「まあそうだな。子供の頃ならいざ知らず、雅洸の意思に関係なく婚約や結婚なんて進められるわけないし、ただの噂《うわさ》か」

そう言った後、また「なあ、雅洸がお前になんて言ったか教えろよ」と絡んでくる。鈴香はそれを無視して、ふたたびカレーを口に運んだ。

「もうやったの?」なんて質問に、答えられるわけがない。

◇◇◇

尚也と食事をした週の土曜日、鈴香は雅洸と約束通りにデートをしていた。

鈴香が雑誌で見つけたクラゲがたくさんいる水族館に行き、夜は雅洸おすすめのフレンチレストランで食事という流れ。

今、二人は夜景を楽しみながらコース料理を堪能《たんのう》している。肉料理の皿が下げられ、口直しに運ばれてきたチーズを食べようとしたとき、雅洸のスマホが震えた。

「失礼」

小さく詫びて、雅洸がテーブルの隅《すみ》で震えるスマホの画面を確認する。

仕事の電話が入るかもしれないと、スマホをマナーモードにしてテーブルの端に置いていたのだが、どうやら予想通り会社から電話がかかってきたらしい。

雅洸は「ちょっとごめん」と言って立ち上がった。

スマホ片手に店を出ていく彼は、鈴香とのデートを楽しんでいるときとは違う、厳しい横顔をしていた。

——ビジネスマンの顔だ。

雅洸の姿を見送った鈴香は、何気なく視線を反対側へと向けた。

窓の外には、都市の夜景が広がっている。

商業施設が多く入ったビルの高層階にあるこのレストランは、ニューヨークが本店なのだと雅洸が教えてくれた。ニューヨークにいるときは、その店を贔屓《ひいき》にしていたのだとか。

——やっぱり、他の人との婚約なんて、ただの噂《うわさ》だったんだ。

今日一日の雅洸の態度を思い返し、鈴香は一人納得する。

彼の様子はいつもと変わりなく、鈴香に隠れて婚約話を進めているなんて、とても思えなかった。

相手の実名付きの噂《うわさ》が流れるくらいだから、お見合い話は出たのかもしれない。でもきっと雅洸が、はっきり断ってくれたのだろう。

若干《じゃっかん》の不安がなかったわけではないが、やっぱり尚也の取り越し苦労だったようだ。

――綺麗な気持ちのまま人を好きでい続けるって、結構覚悟がいるな……

尚也の話を聞いてから、まったく心がざわつかなかったと言えば嘘になる。

どれだけ信じようとしても、好きだからこそ、抑えようのない不安が込み上げてくる。

だからといってその不安に負けて、雅洸に苛立《いらだ》ちをぶつけるのは間違っている。そう思ったからこそ、雅洸には尚也から聞いた噂《うわさ》のことは黙っていた。

そして今日の雅洸とのデートで、やっぱり尚也の話は、ただの噂《うわさ》だったのだと確信した。

――尚ちゃんにも、後でメールしとこ。

それとも雅洸を待つ間にメールをしようか。そう思って自分のスマホを手にすると、向かいの席に人が座る気配がした。

「お帰りなさ……」

思いのほか早く雅洸が戻ってきたらしい。明るい表情で顔を上げた鈴香は、そこに座る人の姿に表情をこわばらせた。

「久しぶりだね」

さっきまで雅洸の座っていた席に断りなく腰を下ろした豊寿が、唇だけで微笑みを作る。子供の頃にも思ったことだが、笑っているのは口元のみで、目元は無表情だ。

――この人の笑い方、好きになれないな……

「お久しぶりです」

人としての感情が欠けているような豊寿の笑い方に、本能的な警戒心を抱きながら、鈴香は軽く頭を下げた。

「お父上の会社は、ずいぶん残念な結果になってしまったね。私の読みでは、最低でも君が大人になるくらいまでは、持ちこたえると思っていたのだが……」

豊寿は残念そうに息を吐く。

でもその息遣いから、花宮家への同情は感じられない。きっと想定外の早さで倒産したハナミヤ産業のことを軽蔑《けいべつ》しているのだろう。

狡猾《こうかつ》な豊寿の狙いとしては、徐々に傾くハナミヤ産業の経営を雅洸に立て直させ、それをキッカケにハナミヤ産業をＩＮＳの傘下《さんか》に入れるつもりだったと思われる。

それはそれで、商才に欠ける鈴香の父には悪くない話だったのかもしれない。

でも現実は、豊寿の望んだ結果にはならなかった。ただしそのことでは、鈴香が豊寿にどうこう言われる筋合いはないと思う。

黙り込む鈴香を見て、豊寿は口元だけで笑いながら「ずいぶん綺麗になったね」と話題を変えた。

そして嫌味な口調で続ける。

「そしてずいぶん、ずる賢い女になったね。……雅洸の迷惑など考えず、自分が幸せになるために、色仕掛けで惑わしているんだから。したたかでずる賢い女としか言いようがない」

「……え？」

思いもしなかった言葉に、心臓を締《し》め付けられるような痛みが走った。思わず手を胸に添える鈴香に、豊寿が意地悪く笑う。

「私たち夫婦に子供が出来なかったことは君も知っているね？　だから私は、雅洸のことを我が子同然に可愛がり、その将来に期待してきた。雅洸は私の期待を裏切ることなく、有能な部下に成長してくれたよ」

それは我が子同然の愛情と呼ぶには、あまりにも利己的に思える。それとも豊寿にとって家族とは、信頼出来る手駒のことを意味しているのだろうか。

そんなことを考える鈴香を睨《にら》みながら、豊寿が続ける。

「だから私は、雅洸とＩＮＳのためを思って、彼にふさわしい結婚相手を用意してやった。それなのに雅洸は、君がいるからと言って私の話を断ったのだよ」

「……」

「君と結婚しても、雅洸にはなんのメリットもない。でも君は雅洸と結婚すれば、昔のような暮らしに戻ることが出来る。……そりゃ、必死にもなるだろうな」

「私は、そんなこと考えてません」

そう断言する鈴香に、豊寿が「では、考えてみるんだ」と言う。

「君は雅洸に、どんなメリットを与えてやることが出来る？　会社は世襲《せしゅう》と決まっているわけじゃない。あれだけ大きな会社だ。創業者一族の他にも、社長の椅子《いす》を狙っている者はたくさんいる」

そう言いつつも豊寿は、「次に社長の椅子《いす》に座るのは私だけどな」と自信に満ちた笑みを浮かべる。

自信があるからこそ、野心を隠さない。その熱情に満ちた笑い方に、皮肉だが雅洸と豊寿の血の繋がりを感じた。

「雅洸がこの先も私の期待を裏切ることなく働き続ければ、私の次にＩＮＳの社長になるのは彼だ」

確かに雅洸は息苦しい立場から逃げ出すことよりも、ＩＮＳでトップまで上《のぼ》り詰めることを望んでいる。

「……それは」

だからといって、豊寿の使い勝手のよい駒として、結婚を含めたプライベートの全てを支配させろと言うのだろうか。

「雅洸は子供の頃から優秀だが、優しすぎる子だ。その優しさが仇《あだ》になって、価値のないものに固執する悪い癖がある」

残念そうに首を横に振る豊寿が「だからもし雅洸のことを思うなら、君が正しい判断をしてほしい」と、暗に別れを迫ってくる。

でも……と、鈴香は豊寿にまっすぐな眼差しを向ける。

「私に価値が――」

「私に価値があるかどうかは、雅洸が決めること。……なんて、臭い台詞《せりふ》は言ってくれるな。君に価値があると思い込んで固執する、そんな雅洸の価値を決めるのは、この私だ。君の存在が、雅洸の価値を下げていることに気付くんだ！」

「――っ！」

豊寿の言葉が心に突き刺さる。

口を固く結ぶ鈴香に、豊寿が口角を上げ、一見穏やかな笑みを作る。

「別に私は、君たちの交際を否定するつもりはないよ。ただ、結婚はビジネスの一環だ。だからこそ昔の君は、雅洸の許嫁《いいなずけ》に選ばれていた。……心配しなくていい。雅洸は優しい子だから、結婚しなくても君の暮らしは保障してくれるよ」

そうだろう？　とでも言うように、豊寿は右の眉を上げる。

「……」

つまり鈴香に、雅洸の愛人にでもなれと言っているのだろうか。

反論の言葉が、喉《のど》の奥で渦《うず》を巻く。それを声にすることが出来ないのは、鈴香が雅洸に与えてあげられるものが愛情しかないからだ。

鈴香がうつむいて黙り込んでいると、頭の上から「あれ？」と温かな声が降ってきた。

声につられて顔を上げれば、雅洸が立っている。どうやら電話が終わったらしい。

「ああ……雅洸。お前も一緒だったのか。偶然懐かしい顔を見かけたので、ちょっと挨拶《あいさつ》していたんだ」

豊寿が驚いたふうを装《よそお》って立ち上がり、雅洸に席を譲《ゆず》る。そして余計な口を利くなとでも言うように、鈴香に目配せしてきた。

「ちょうどよかった。後で報告しようと思っていたんですが、タイの工場にいる野上《のがみ》から……」

雅洸は立ったまま、声のトーンを抑えて、電話の内容を豊寿に報告する。豊寿は数回うなずき返すと、鈴香には聞き取れないくらいの小声で指示を出した。

その指示に雅洸は「早急に処理します」と返している。

「任せたぞ」

豊寿は雅洸の肩を叩き、鈴香に「また今度、ゆっくり話をしよう」と軽く手を上げる。鈴香は無言で首だけを縦に動かした。

「伯父さんと、なにか話した？」

豊寿の背中を見送り、自分の席に腰を下ろすと、雅洸がすかさず尋ねてきた。

「……たいしたことは、話してないよ」

鈴香はコクリと喉《のど》を鳴らして、さっきからその奥で渦巻《うず》いていた言葉を呑み込んだ。

正直に話しても、雅洸に不要な気遣いをさせるだけだ。

「そう？」

雅洸は豊寿が出ていったほうに視線を向けつつ、どこか腑《ふ》に落ちない様子でうなずく。

「そんなことより、この後、会社に行くんですよね？」

豊寿との会話から察したので聞いてみると、雅洸がすまなそうな表情を見せた。

「申し訳ないが、出来れば……」

「雅洸さん、本当に仕事好きですね」

この時間から会社に行くなら、間違いなく徹夜仕事になるだろう。鈴香に付き合って昼から水族館に行っていたので疲れているはずなのに、面倒くさがっている様子はない。

雅洸は「まあな」と言って、皿に残っていたチーズを口に運ぶ。

「目の前の階段を一段一段上って、周囲に実力を認めさせる。俺のやりたいことは、その先にあるんだからな……」

「そうだね。頑張ってね」

鈴香は微笑み、自分もチーズを口に運んだ。

酸味の強いチーズをゆっくり咀嚼《そしゃく》していると、ふとこの先のことが頭をよぎった。

雅洸は当然のように二人分の食事代を支払い、鈴香を自分の車なり、タクシーなりで家まで送ってくれるだろう。

――対等な関係になれたと思ってたけど……

気が付けば、雅洸に与えてもらう関係に落ち着いている。

年齢や性別、収入の格差から考えて、それが当然と雅洸は言う。だからつい流されてしまっていたけれど、これでいいのだろうかと不安になってきた。

昔、雅洸との婚約破棄を申し出たのは、与えられるだけの暮らしが嫌だったからなはずなのに。

「どうかした？」

ぼんやりしていた鈴香に、雅洸が聞く。

「なんでもない」

首を横に振る鈴香は、「あ、でも今日は送ってもらわなくてもいいです」と言い、買い物をして帰りたいのだと嘘を吐《つ》いた。

そしてなにか言いたげな雅洸の視線には気付かないふりをして、食事を続けた。

◇◇◇

今年は冬の訪れが早いのかな。

防波堤に座っている鈴香は、思いのほか強い海風に、腕をクロスさせて両肩を抱きしめた。

「あの人たち、寒くないのかな？」

海でサーフィンを楽しむ人の姿に、信じられないと首を横に振る。

豊寿と話をしてから二週間経った土曜日の今日、鈴香は雅洸からのデートの誘いを断り、一人で鎌倉の海に来ていた。

ここに来たことに、深い意味はない。

雅洸に「仕事の都合で今週は会えない」と嘘を吐《つ》いた手前、居留守を使うのは嫌だし、都内をうろうろしていて、ひょっこり雅洸と会ってしまうのも気まずかったからだ。

とりあえずどこかに遠出しようと思ったら、自然と足が鎌倉に向いていた。

――ここで雅洸さんと泊まったのが、ずっと昔のことみたい……

豊寿に会ってから、それ以前のことがひどく遠い記憶に思えてしまう。

あの日以降、豊寿の言葉が頭から離れず、静かな場所でゆっくり考えようと思っていたのに……

眼下の砂浜で繰り広げられている光景に、鈴香は眉を寄せる。

「ここ、カップル多すぎ。それに一人だと、すぐナンパされるし」

防波堤の前に広がる砂浜では、仲良く手をつないで歩くカップルの姿が目立つ。他に犬の散歩をする人や、孫らしき幼児をつれて歩く年配者の姿もあるのだが、鈴香の目はカップルばかりに向いてしまう。

そして背後の車道側からは、男の人がひっきりなしに声をかけてくる。

とてもじゃないが、一人ゆっくり物思いにふける雰囲気ではない。

――場所の選択を間違えた……

そう息を吐く鈴香の背後から、「おう。お嬢ちゃん、こんなところでどうした？」と新たなナンパの声が飛んできた。

さっきまでのナンパと比べて、ずいぶん渋い声だ。

――しかもなんだか、言葉遣いも古くさい。

そう思いつつ声のしたほうに視線を向け、鈴香はギョッと目を見開いた。

「刑部さん……」

驚く鈴香の視線の先で、ミズモトの刑部が「よう」と軽く手を上げる。

「こんなところで、なにしてるんですか？」

「人の縄張りまで出しゃばってきといて、『こんなところ』とは、喧嘩売っとるのか？」

その言葉で、ここがミズモトの近くでもあることを思い出した。

――会社の近くに住んでるって言ってたし、休みの日にここにいても不思議はないよね。

「すみません。意外なところで会ったからビックリして」

鈴香は防波堤から下りて謝った。そして刑部に「釣りですか？」と聞いてみる。

「よくわかったな」

「そりゃ……」

真顔で驚く刑部だが、長袖《ながそで》のポロシャツの上にやたらポケットの多いジャケットを羽織《はお》り、肩にクーラーボックスをかけている。しかも背後からは、大きなタモ網と釣り竿がのぞいている。

この格好で、釣り以外にどんな目的があると言うのだろう。

「で、お前さんこそ、こんなところでなにをしとる？」

鈴香はその質問に、「別に用事はないんですけど、なんとなく海を見ながら考え事がしたくて……」と曖昧《あいまい》に返した。

刑部が「はぁ？」と顔をしかめる。

「なんだ、海に向かって叫ぶのか？　青春だな。でもここじゃ、周囲の迷惑だからやめとけよ」

「青春って……、そんな歳じゃないですよ」

刑部は快活《かいかつ》な笑い声を上げて歩き出す。そして少ししてから、鈴香のほうを振り返った。

「……？」

「叫ぶのにいい場所を教えてやるから、付いてこい」

刑部は顎《あご》で鈴香を促《うなが》し、また歩き始める。

「え、ちょっと……刑部さん！」

「早く来いよ」

一緒に行くともなんとも答えていないのに、刑部はそう言ってずんずん進んでいく。

鈴香は、仕方なくその背中を追った。


刑部が鈴香を連れてきた場所は、岬《みさき》を囲むように配置されている消波《しょうは》ブロックの上だった。

その隙間《すきま》で揺れる波や、足元を通り過ぎるフナムシに腰が引ける鈴香。それを気遣うことなく、刑部は消波《しょうは》ブロックの上をヒョイヒョイと跳ねるように渡っていく。そしてある場所に腰を下ろすと、海に向かって釣り糸を垂らした。

「凄《すご》い場所ですね」

仕方なく刑部の隣に腰を下ろした鈴香は、着ているシャツの袖《そで》で首筋の汗を拭《ぬぐ》う。

さっきまで寒いと思っていたが、刑部に付き合って歩いているうちに体温が上がり、肌が汗ばんでいた。

「ここなら、好きなだけ叫んでいいぞ」

「だから、叫ぶ気なんてありませんよ」

「でも、なにか吐き出したいものがあるから、あそこにいたんだろ？」

刑部は、海面に視線を落としたまま言う。

「まあ……」

「仲の良い奴には話したくないが、一人で抱えているのも重い。ならここで愚痴《ぐち》ってていいぞ。俺は、お前さんのプライベートに興味がないし、聞いた話を他の誰かに言いふらすほどお喋《しゃべ》り好きでもない。暇潰しのラジオ代わりに聞き流してやるよ」

「……」

「この前のサンプルのことで、上に怒られたのか？　アレの件なら、ギリギリだが期日に間に合ったんだから、ウチとしては不満はない。なんなら、俺から一言言ってやるぞ？」

刑部がチラリと鈴香の顔を見た。どうやらこの前のサンプルの件で、鈴香の会社での立場が悪くなったのではと心配してくれていたらしい。

刑部の気遣いに、心が温かくなる。

「その件なら、多少は怒られたけど大丈夫です。悩んでいるのは、もっと個人的なことで……」

「あの兄ちゃんとのことか？」

刑部がニヤリと笑う。

「うっ」

「結局あの後どうなったんだ？　付き合い出したのか？」

勤務時間外なので、雅洸のことに遠慮なく突っ込む気でいるらしい。

「それが……」

豊寿とのことを思い出して口ごもる鈴香に、刑部も表情を曇らせた。

「俺が出しゃばったせいで、悪いほうに流れちまったか？」

「あっ違いますっ」

鈴香は慌てて訂正した。

むしろ雅洸との関係が大きく進展したのは、刑部のおかげだ。

感謝すべき相手に、そんな誤解を抱かせるわけにはいかない。

予備の釣り竿を貸りて一緒に釣りをしながら、鈴香はぽつりぽつりと話し始めた。

自分がハナミヤ産業の社長令嬢であったことに始まり、ＩＮＳの御曹司《おんぞうし》である雅洸と許嫁《いいなずけ》関係にあったことや、鈴香の家が没落した今は彼の親族に二人の関係を反対されていることなどを話した。

鈴香が思い付くままに話すので、話が前後してしまうこともあったし、説明が足りていないところもあったと思う。でも刑部は、フンフンとうなずきながら聞き続けていた。

「それでアンタは、あの兄ちゃんの未来を思って、健気《けなげ》にも別れる覚悟をしたのか？」

話を最後まで聞き終えると、刑部が初めて質問を投げかけた。

鈴香は、しばらく考え込んでから答える。

「……それは……嫌です」

「じゃあ、その親戚にずっと陰でボロクソに言われるぞ」

「……我慢します。あの人にどう評価されても、雅洸さんが私の気持ちを理解してくれていれば、それだけでいいです。でも……」

と、鈴香はその先の言葉を探す。

悔しいが豊寿の言う通り、鈴香から雅洸に与えてあげられるものは、あまりにも少ないのだ。雅洸の将来を考えれば、身を引くべきなのかもしれない。

だがそんな安直な選択が出来るほど、彼への気持ちは軽くなかった。

「でも？」

「雅洸さんの優しさに甘えて、無力な自分を見て見ぬふりしたくないんです」

経済的にも社会的にも、鈴香と雅洸の間には明確な隔《へだ》たりがある。

雅洸はそんな隔《へだ》たりを気にしていないが、その優しさに、一方的に甘える自分になりたくない。

「そうか。じゃあ考えろ。不満があるから考える。考えるから技術が育つ。そうやって日本の技術力は成長してきたんだ」

「今、日本の技術力の話はしてないんですけど……」

「似たようなもんだ。技術開発は、物作りへの愛がなくちゃ始まらんからな」

いや、関係ない。と鈴香は思う。

だが鈴香の冷ややかな視線を気にする様子もなく、刑部はケラケラ声を上げて笑った。

どうやら仕事時間外の刑部は、なかなかの笑い上戸《じょうご》らしい。

「でも確かに、刑部さんの言う通りですよね。一方的に甘えるのが嫌なら、自分になにが出来るか考えなきゃいけないんだと思います」

鈴香は釣り竿の先端を見つめながら、自分の出来ることについて考えてみた。

そんな鈴香の横で、刑部が「そうだな……」と顎《あご》をさする。

「まあ、今の話を聞いた俺の感想としては、『六次の隔《へだ》たり』って、本当なのかもしれないなってことくらいだな」

「はい？」

しみじみと唸《うな》る刑部に、鈴香はキョトンとした。

「知らんか？　たった六人の人を介するだけで、世界中の誰とでも繋がることが出来るっていう説なんだけどな」

「……なんとなく、聞いたことがあるような気がします」

でも、今なぜこの話題……

そう戸惑う鈴香に、刑部が説明する。

「いや……、ただのヒラ社員だと思っていたお前さんから大企業の御曹司《おんぞうし》に繋がるなら、そこから先、五人も介せば総理大臣だってアメリカの大統領にだって繋がりそうだろ」

「ああ……確かに」

総理大臣なら、父の昔の人脈を活用すれば、二人目ぐらいで連絡を取れるだろう。

でも鈴香の話を聞いた感想が、それだけなのはどうかと思う。

——そりゃ、真剣に相談してたわけじゃないけど……

刑部は最初からラジオ代わりに聞き流すと言っていたのだから、その感想に不満を言える立場ではない。聞いてくれただけでも、刑部には感謝している。

そう思っていても、鈴香は物足りなく感じてしまう。

不満げな様子の鈴香に、刑部が「なんだ、六次の隔《へだ》たり、信じてないのか？」と言いつつ、竿を小脇に置いてポケットを探る。そして自分の携帯電話を取り出した。

——凄《すご》い。ガラケー持ってる人、久しぶりに見た。

二つ折りタイプの携帯電話に、鈴香は静かに感動する。

刑部が見せびらかすように、折りたたみ式の携帯電話をパカパカと開閉させた。

「俺だって、意外に凄《すご》い知り合いがいるんだぞ。見せてやろうか？」

「別にいいです」

そう呆れ気味に返したとき、鈴香の手にしている竿の先端が大きくしなった。

「おっ、かかったぞ」

「えっ！　はいっ？　巻けばいいんですか？」

鈴香が慌ててリールを巻くと、刑部が「おいっ！　待てっ！」と叫び、携帯電話をポケットに戻した。

「もっと引き付けてから、ゆっくり巻かないと駄目だろっ！」

「えっ、えっ、え？」

言わんとすることがわからずオロオロする鈴香の手から、刑部が釣り竿を奪い取る。

「これだから初心者は……。こんだけ竿がたわんでるんだ、魚の大きさを考えろ。巻くのはもっと引き付けて、弱らせてからだろ」

竿を右へ左へと動かしながら、刑部が言う。

そして鈴香をチラリと見て「今後のために、ちゃんと俺の手の動きを見てやり方を覚えろよ」と続けた。

「……」

きっと二度と釣りなんてしない、という本音は黙っておく。

成り行きで付いてきただけだが、せっかく教えてくれているのだからと、鈴香は刑部の竿の動かし方を観察した。

◇◇◇

――なんでこんなことになってるんだろう……

駅の改札を抜けて自宅マンションへと向かう鈴香は、自分の手の匂いを確かめ、その生臭さに眉を寄せた。そしてクーラーボックスを肩に食い込ませながら家路を歩く。

結局あの後、刑部と夕方近くまで釣りに興《きょう》じてしまった。

刑部曰《いわ》く、近年まれに見る大漁とのことで、釣った魚をなかば強制的に土産《みやげ》に持たされたのだ。

しかも魚を持ち帰るためにクーラーボックスを借り、これを返す目的も兼ねて、来週も釣りに行く約束をさせられてしまった。

「なんか変な流れになってる……」

そう溜《つ》息を吐く鈴香は、自宅マンションのエントランスに立つ人影を見て足を止めた。

「遅かったな」

「雅洸さん……」

鈴香の姿に気付いた雅洸が、軽く手を上げて駆け寄ってきた。

そして鈴香が肩から提《さ》げていたクーラーボックスを取り上げる。

「釣りにでも行ってたのか？」

雅洸が、軽く驚いた表情を見せる。

「ミズモトの刑部さんと、成り行きで釣りをすることになって……」

「ミズモト……ああ、この前の鎌倉の……。今日は仕事の都合で会えないって言ってたけど、接待で釣りしてたのか？　大変だったな」

その雅洸の問いには、曖昧《あいまい》に笑っておく。

もともとは一人でゆっくり、雅洸とのこの先について考えるつもりだった。でも結果的に仕事相手である刑部に会ったので、半分くらいは嘘ではなくなった気がする。

「釣り自体は意外に面白かったんだけど、これを担《かつ》いで電車に乗るのは大変でした」

平日の通勤時ほどの混雑ではなかったが、それなりに乗客のいる電車に磯《いそ》臭いクーラーボックスを持ち込んだので、周囲の視線が痛かった。

そのことを思い出し、溜息を吐《つ》くと、鈴香は雅洸に尋ねた。

「雅洸さんは、どうしてここにいるんですか？」

「渡したいものがあるから寄るって、メールしておいたんだが……」

「メール……。ごめんなさい。手の臭《にお》いが移るのが嫌で、鞄《かばん》の中に入れっぱなしになってます」

マナーモードにした記憶はないが、波音や電車の音にかき消されて、着信に気付かなかったらしい。そう謝る鈴香に、雅洸はよくあることだと笑った。

鈴香はそんな雅洸を見上げて「でも、ちょうどよかったです」と口にする。

「ん？」

「雅洸さんに話したいことがあったんです。よかったら上がっていってください」

「話したいこと？」

「はい。今日一日、私なりに考えたことがあるんです」

真剣な眼差しを向ける鈴香に、雅洸は「それじゃあ……」と言って、クーラーボックスを担《かつ》いだまま歩き出した。


雅洸を伴《ともな》い自宅に入った鈴香は、お米を洗って炊飯器にセットすると、クーラーボックスの蓋《ふた》を開けた。

「この幅広で薄っぺらい魚なに？」

「カワハギだそうです」

鈴香がまな板の上に載せた魚を、雅洸が興味深げにのぞき込んできた。

「お前が釣ったのか？」

「まあ……一応」

正直に言えば、餌を付ける、釣れた魚を針から外す、といった作業は刑部がしてくれた。だから鈴香は釣り竿を持っていただけに近いのだが、見栄を張りたいのでそれは黙っておく。

「凄《すご》いな。しかも自分で料理出来るのか？」

「刑部さんに捌《さば》き方も教わってきました。食べなきゃもったいないから料理します」

鈴香は包丁を取り出し、「だからそこで少し待っていてください」と言って、キッチンの背後に置かれているダイニングテーブルに視線を向けた。

「料理を食べながら、私の話を聞いてください」

「了解。待ってる間、仕事しててもいい？」

「どうぞ」

雅洸は鈴香に言われるまま、ダイニングテーブルへ向かう。そして鈴香の姿が見える椅子《いす》に腰を下ろすと、持参していたパソコンを開いた。

「そういえば刑部さんって、若い頃は大手企業の研究室で働いてたんだってな」

鈴香が魚を捌《さば》き、煮付けに入ったタイミングで、雅洸が思い出したように言った。

「そうなんですか？」

釣りをしながら色々話をしたので、刑部のプライベートについてずいぶん詳しくなったが、それは初耳だ。

ちなみに鈴香が得た刑部情報としては、趣味は将棋《しょうぎ》と釣り。奥さんと息子夫婦と同居していて、幼稚園に通う孫娘が一人いるそうだ。その孫娘が将棋《しょうぎ》にも釣りにも興味を示してくれないのが、刑部の目下《もっか》の悩みらしい。

「刑部さんのこと、調べたんですか？」

そう聞きつつ、煮汁を味見して醤油《しょうゆ》を追加する。

一緒に鎌倉に行ったときに顔は合わせているが、雅洸が刑部のことを知っている感じはなかった。

それなのに、どうして過去の経歴を把握しているのだろうか。

「調べたわけじゃないよ。ただ興味のある特許技術を開発した人のことを調べていたら、偶然刑部さんの名前を見かけたんだ。覚えのある名字だったから確認したら、この前会った人と同じ人だった」

「えっ！　刑部さんて、特許とか持ってる凄《すご》い人なんですか？」

思わず驚く鈴香に、雅洸は「違うよ」と笑う。

「俺が興味を持っている人と同じ会社にいたってだけだよ。研究室にいたのも、研究者としてじゃなく、技術者としてだったみたいだし」

「なんだ」

鈴香は納得して、冷蔵庫から卵と豆腐を取り出す。

なんだ……で片付けるのは刑部に失礼かもしれない。でも、あの愚直《ぐちょく》で融通《ゆうずう》の利かない仕事の仕方は、研究者より技術者と言われたほうがしっくりくる。

きっと若かりし日の刑部は、手抜きのない仕事をするいい技術者だったのだろう。

「融通《ゆうずう》が利かない一本気な性格が災いして、上と揉めて転職したらしいけど、信用出来るいいスタッフだったみたいだよ」

「想像は出来ます」

鈴香は刑部らしいとうなずいて、別の鍋に湯を沸かし、ボウルに卵を割り入れた。

そして魚が煮えるのを待つ間に、手早くだし巻き卵と豆腐の味噌汁を作る。最後に鍋の火を止めると、料理を食器に盛り付け、雅洸の座るダイニングテーブルに並べた。

「味見してください」

雅洸の前に味噌汁の入ったお椀を置き、「ご飯も食べますか？」と確認する。

「これは、味見って量じゃないだろ……」

一人暮らし用の小さなダイニングテーブルに並ぶ皿に、雅洸が思わずといった様子で笑う。鈴香は、そんな雅洸に首を横に振る。

「そうじゃなくて、私の料理で雅洸さんが満足出来るか知りたいんです。……急だったから、ちょっと寂しいラインナップですけど」

「……？」

真剣な面持《おもも》ちの鈴香に、雅洸が怪訝《けげん》な視線を向ける。

「外でのデートだと、雅洸さんが全部お金を出しちゃうでしょ。もし私が割り勘《かん》にしたいって言っても、雅洸さんは不愉快だろうし」

「当たり前だろ。そんな恥ずかしいこと出来るか。伊ノ瀬家の人間として恥だ。……それに割り勘にしたら、お前の貯金すぐになくなるぞ」

「……まあね」

鈴香は不満げにしつつも素直に認めた。

そして「だから」と続ける。

「もし私の手料理が雅洸さんの口に合うようなら、ときどきはここで一緒に食事をして、のんびりくつろぐデートをしてもらえませんか？」

それこそが、刑部と釣りをしながら考えたことだ。

雅洸に全て甘えるのは嫌だが、自分の感情を押し付けて、無理矢理割り勘《かん》にするのも違う気がする。ましてや鈴香の経済状況に合わせて、行く店の選択肢を狭《せば》めるのも違う。

だから今の自分に出来る方法で、雅洸に返せるものを探し、お互いの気持ちに無理のない落としどころを、二人で見つけたい。

豊寿が言っていたことに関しては、その後で向き合うつもりだ。

――問題は、雅洸さんの舌に合うかどうかだよね。

雅洸はなかなかの食通だから、自分の料理で彼を満足させられるか自信がない。

そんな不安を抱えつつ様子をうかがうと、雅洸が「喜んで」と優しく微笑んだ。

「俺は鈴香と一緒にいられれば、それでいいよ。鈴香の手料理が食べられるなら、なおさら大歓迎だ」

「あ、でも返事は、私の料理を食べてみてからでいいです。口に合わなかったら、無理しないで断ってください」

雅洸の肥《こ》えた舌を知っているからこそ焦る。

鈴香は「私はシャワー浴びてくるから、その間に味見してください」と言って、その場を離れようとした。

「え？　一緒に食べないのか？」

――だって雅洸さんの評価を、目の前で待つ勇気はないもの。

まったく自信がないわけではないが、一口食べた瞬間、雅洸が眉を寄せたりしたら、絶対泣きたくなる。

「髪が海風でべとべとしてるから、シャワーを浴びたいんです。……それに、茶碗とか汁碗とか一人分しかないし」

相変わらず、弱気になってしまう自分がいる。それを情けなく思いつつ、鈴香は雅洸を残してバスルームへと向かった。


――この考えも、ずる賢いって言われちゃうのかな？

脱衣室でブラウスのボタンを外す鈴香は、豊寿の冷淡な顔を思い出していた。

雅洸の将来のことを考えれば、これは間違った考えなのかもしれない。

それでも雅洸への思いを簡単に切り捨てることが出来ないのは、鈴香にとって、それだけ雅洸が大切な存在だからだ。

豊寿に、それを理解してもらう方法はないのだろうか。

――好きなだけじゃ、駄目なのかな……

鈴香が重い息を吐いたとき、鏡越しに脱衣室のドアが開くのが見えた。

「――っ！」

驚いて振り向くと、雅洸が脱衣室に入ってきた。

「雅洸さん……食事は？」

一口食べて口に合わないと感じたのだろうか。

鈴香はうしろの洗面台に手を突き、目の前に立つ雅洸を見上げた。

狭い脱衣室では、雅洸との距離がうまくとれず窮屈《きゅうくつ》だ。

「食器は適当になんとかすればいいから、後で一緒に食べよう」

雅洸は、向き合う鈴香の手に自分の手を重ねた。そうすることで、鈴香の動きを奪う。

「でも、冷めちゃいますよ」

「わかってないな」

雅洸が腰を軽くかがめて、鈴香の頬《ほお》に口付けをする。

彼の唇が軽く触れるだけで、温かなものが肌全体に広がった。

「……」

その温《ぬく》もりに鈴香は、改めて雅洸のことが好きなのだと思った。

「鈴香の手料理は、鈴香と一緒に食べることに意味があるんだろ」

「……でも、雅洸さんの口に合うかわからないし」

「大丈夫だよ、どんな味でも俺が口を合わせるから」

「それはそれで、私に失礼です」

ちゃんと味見をしてから言ってほしい。

上目遣いで睨《にら》む鈴香に、雅洸が「ごめん」と笑う。

「でも鈴香と結婚しようと思っているんだから、そのほうが早いだろう」

雅洸の唇が、今度は鈴香の唇に触れる。

優しく息を吹き込むような口付けに、鈴香は少し困って眉を寄せた。

「結婚は……」

他の人としていいですよ、と言うべきなのだろうか。

そう思っても、言葉が出てこない。

うつむく鈴香の体を、雅洸が包むように抱きしめた。

「伯父さんに、なにか言われた？」

「……っ」

「なんか、伯父さんに会った後くらいから、避けられてる気がする」

「……そんなこと……ないです」

「本当？」

「本当です」

「ならいいけど。……今日だって本当は、俺と会いたくなくて嘘を吐《つ》いたのかと思った」

疑ってごめん。耳元でそうささやかれ、罪悪感に胸が疼《うず》く。

「……」

それでも本当のことは言えない。

言えば、雅洸に無駄な気遣いをさせてしまうことになる。

「じゃあ あの日、デートを中断して仕事に行ったから拗《す》ねてるのか？」

「そこまで子供じゃないです」

拗《す》ねるという言葉に、鈴香は思わず笑ってしまう。

「そう。よかった」

クスクスと肩を揺らす鈴香の背中を、雅洸が大きな手で撫《な》でた。

すでにボタンの外れていたブラウスが、さらりと鈴香の肌を滑《すべ》って床に落ちた。

雅洸の手が肩甲骨《けんこうこつ》の膨《ふく》らみを撫《な》で、そのままブラジャーのホックを外す。

「……あの」

「シャワー浴びるなら、服は脱ぐだろ」

その手伝いをしているだけだと言いたげに、雅洸の手が、今度は鈴香の腰に触れる。

「あの……自分で脱ぎますけど」

優しく触れてくる手をかわそうと、体をくねらせる鈴香。その腰を捕らえて、雅洸が「遠慮するな」と笑う。

そして鈴香の腰を両手で掴み、体を反転させた。

「――っ！」

突然のことに、バランスを崩しそうになる。鈴香は、とっさに洗面台にしがみ付いた。

雅洸はその腰に手を回し、鈴香の穿《は》いているズボンのホックを外してジッパーを下ろしていく。

「本当に磯《いそ》の匂いがするな」

背後から覆《おお》いかぶさり、左腕で腰を包み込むように抱きかかえる雅洸が、首筋に顔を埋《うず》めて言う。

鈴香の香りを確かめるべく、大きく呼吸する雅洸の息遣いがくすぐったい。

「雅洸さん……」

「なんだ？」

「くすぐったいです」

鈴香が困った顔で首を動かすと、雅洸がわざと耳元で息を吐いた。

耳の奥に息が入り込み、ゴソゴソとした音が鼓膜《こまく》に響く。

鈴香が思わず首をすくめると、その隙《すき》を突くようにして、雅洸の右手がズボンの中へと侵入してきた。

「あぁっ！」

雅洸の手はそのまま下着の中に忍び込み、鈴香のアンダーヘアに触れた。

薄い毛をかき分け、足の付け根に指を滑《すべ》り込ませた雅洸は、その指を前後に動かしながら、「鈴香、濡れているよ」と恥ずかしい事実を突き付けてくる。

「……」

「キスをしただけなのに、いやらしい子だ」

恥ずかしさに黙り込む鈴香をからかうように、雅洸が指をゆっくりと動かす。

指の動きに合わせて、鈴香の肌にヌルリとした感覚が伝わった。

そのぬめりは、雅洸の指が動くたびに、下着の中で密度を増していく。

「……違ぅっ」

「嘘吐《つ》き」

雅洸が低い声で鈴香を窘《たしな》め、お仕置きとでも言いたげに、さらに執拗《しつよう》に指を動かす。

鈴香の潤《うるお》いを誘うように、長い指がしっとりと重なる二枚の肉襞《にくひだ》を押し広げ、さらに深い場所へと沈んでくる。

「あぁ…………っ」

鈴香は、腰を引いて雅洸の指から逃れようとした。でも狭い下着の中で密着する雅洸の指からはうまく逃げられない。

「ほら、こんなに…………わかる？」

雅洸が熱い肉壺に指を沈め、蜜をかき出すように指を動かす。

その動きに、鈴香の敏感な膣壁がビクビクと痙攣《けいれん》してしまう。

「――っ…………はぁぁあっ…………雅洸さん」

腰から背中へと伝わる淫《みだ》らな熱に、膝《ひざ》から崩れ落ちそうになる。

鈴香は洗面台にしがみ付き、必死にこらえた。

「ほら、ここももうこんなに硬くなってる」

そうささやく雅洸の左手が、鈴香の腰を離れ、胸の膨《ふく》らみを捕らえていた。そしていつの間にか硬く隆起していた先端を指で強くつまむ。

「…………っ、ぁ…………んっ――っ」

蜜壺と胸の先端を同時に刺激され、体が震える。鈴香は強く目を閉じ、背中を弓なりに反らして喘《あえ》いだ。

「鈴香、前を見てみろ」

鈴香の体を背後から包み込む雅洸が、低い声でささやく。そうしながらも、指で鈴香の敏感な場所を巧みに弄《いじ》ってくるのでたまらない。

雅洸の指の動きに頭がジンと痺《しび》れて、冷静な判断が出来なくなる。

鈴香が目を閉じて雅洸の指戯《しぎ》に身を委《ゆだ》ねていると、彼が「ほら」と目を開くように促《うなが》してきた。

「……っ」

鈴香が言われるまま薄く目を開くと、鏡越しに自分を見つめる雅洸がいた。

獣のような欲望剥《む》き出しの眼差しが、鈴香の体をさらに落ち着かなくさせてしまう。

その眼差しから逃れるように視線を逸《そ》らすと、鏡の中で肌を赤く火照《ほて》らせた自分と目が合った。

――私……っ。

ひどく淫《みだ》らな自分の表情に、恥ずかしさで頬《ほお》が熱くなる。

体にこもる熱を逃すようにビクビクと震えると、雅洸が「そのまま鏡に映る自分を見ているんだ」と命じて床に膝《ひざ》を突いた。

そして鈴香の尻を撫《な》でるようにして、下着とズボンを脱がせていく。

「やっ……っ」

下着の中からあふれた透明な蜜が内ももを濡らす。

そのぬめりが恥ずかしくて、鈴香は足をこすり合わせた。

でも雅洸の手が、固く閉じられた鈴香のももを押し広げる。そして蜜筋をなぞるように指を這《は》わせた。

「――ああぁっ、やっ！」

ねっとり動く雅洸の舌が、背後から陰唇に触れる。

その刺激に鈴香が身悶《みもだ》えていると、雅洸は鈴香のズボンと下着を完全に脱がせた。

そして剥《む》き出しになった鈴香の肌を、舌で味わっていく。

「鈴香のここ、凄《すご》く濡れているよ」

「言っちゃヤダ……」

鈴香のお願いに、雅洸は首を横に振る。そして指が食い込むほど強く尻を掴んで押し広げ、わざと音を立てて内ももを濡らす蜜を啜《すす》った。

いつもと違う角度で触れてくる指や舌の感触が、ひどくいやらしい。

「やっ………ぁぁあっ」

膝《ひざ》にうまく力が入らない。

鈴香は洗面台に体重をかけ、崩れ落ちそうになるのをこらえた。

雅洸は、鈴香のもがく姿を楽しむように、執拗《しつよう》に舌を動かしてくる。

ジュルッといやらしく蜜を啜《すす》る音が狭い脱衣室に響き、肌だけでなく体の芯にも淫《みだ》らな熱が灯った。

「うしろからだけじゃ、満足出来ないだろ」

舌の動きを止めた雅洸が、そうささやき、鈴香の体を自分のほうへと向かせる。

「あっ！」

ふたたびクルリと体の向きを変えられ、鈴香は背後の洗面台に手を突いた。

雅洸の唇が、鈴香の肉芽を優しくついばむ。

「ヤッ！」

官能に火照《ほて》った肉芽を吸われ、淫《みだ》らな熱に腰全体が溶けてしまいそうだ。

鈴香が洗面台に体重を預けて耐えていると、雅洸は容赦なく肉芽を攻め立ててくる。

「や……あ、あっ……ぁぁあぁぁっ」

まるで飴《あめ》を転がすように、敏感になっている肉芽を舌で転がされ、鈴香の腰がわななく。

さっきの指戯《しぎ》とは比べものにならないほどの刺激に鈴香が身悶《みもだ》えていると、雅洸は鈴香の足を押し広げ、さらに深く舌を沈めてきた。

「やっ、舐めないで……」

鈴香がそう懇願すれば、雅洸の欲望を煽《あお》ることになる。

わかっているはずなのに、込み上げてくる熱に浮かされ、つい言ってしまった。

唇を足の付け根に密着させる雅洸は、蜜に潤《うる》んだ陰唇を押し広げ、さらに奥へと舌を沈めてくる。

そうすることで、雅洸の鼻が鈴香の肉芽に触れた。

「あぁっ！」

思わず指を噛んだ鈴香は、雅洸が笑うのを息遣いで感じた。

彼は舌を動かしながら首を左右に軽く振り、鼻で肉芽を刺激してくる。

「はぁ………あぁぁっ――ぅっっ」

膣壁を撫《な》でるざらりとした舌の感触に体がわななく。舌で内側を蹂躙《じゅうりん》されながら、鼻先で肉芽を刺激されると、腰の震えが止まらない。

「雅洸さん、……許してっ」

鈴香は切ない声で懇願するが、雅洸はそれを拒絶するように、赤く膨《ふく》れた肉芽を甘噛みした。

「――っ！」

新たな刺激を与えられて、体が激しく震撼《しんかん》する。

「大丈夫？」

雅洸が素早く立ち上がり、その場に崩れ落ちそうになる鈴香の体を支えた。

そっと抱きしめ、「さあ、シャワーを浴びよう」と言う。

「え？」

鈴香は「今？」と、雅洸に視線で問いかけた。

「このままでいいのか？」

雅洸にそう問われると、確かにシャワーを浴びたいという気持ちになる。

でも体に思うように力が入らなかった。

「……」

そのことをどう伝えようかと黙り込む鈴香に、雅洸が「大丈夫だよ」とささやく。

「俺が洗ってやるから」

「えっ……」

それはそれで困る。

鈴香は「大丈夫です」と言い、慌てて自力で立とうとしたが、雅洸の腕が強く絡み付いていて出来なかった。

「遠慮しなくていいよ」

雅洸はそう言いつつ、片腕で鈴香の体を支えたまま、もう一方の手で自分のシャツのボタンやベルトのバックルを外していく。

そして器用に服を脱ぎ、鈴香を連れてバスルームへと入っていった。

「冷たっ！」

雅洸がシャワーのコックを捻《ひね》ると、いきなりお湯が降り注《そそ》いできた。しかし予想外に温度が低く、思わず声が出てしまう。

「ごめん」

鈴香の背後に立つ雅洸が腕を伸ばし、シャワーの温度を調節する。

「……」

降り注《そそ》ぐお湯の温度がほどよくなると、自然にホッと息が漏れた。

雅洸はシャワーのお湯を手で受け止め、それを鈴香の肌になじませるように、首筋や肩を撫《な》でてくる。

優しく触れる雅洸が、鈴香の耳に顔を寄せてささやく。

「鈴香に嫌な思いさせるくらいなら、いつでも仕事を辞めるから正直に言って」

「――っ！」

驚いて振り向くと、真剣な眼差しの雅洸と目が合った。

「鈴香、嘘を吐《つ》くの下手だな」

雅洸が静かな口調で言い、鈴香の唇を優しく奪う。

「……」

言葉を失う鈴香に、「伯父さんになんて言われた？」と問いかけてきた。

「あの人になにを言われても、俺は、鈴香以外の人と結婚したりしないから」

どうやら雅洸自身、豊寿になにかしらの圧力をかけられているようだ。

「無理しなくて、いいですよ」

雅洸の胸を押して体を離し、鈴香が言う。雅洸はそんな鈴香の顎《あご》を持ち上げ、ふたたび口付けた。

薄く開いた唇の隙間《すきま》から、雅洸の舌が侵入してくる。

嘘を吐《つ》いたことを窘《たしな》めるように、荒々しく鈴香の口内を蹂躙《じゅうりん》した。

「…………っ」

「…………ふぅっ」

深い口付けに、雅洸の深い愛情を感じる。

「絶対放さないから」

唇を離した雅洸が、強い口調で宣言した。

昔から一度決めたらそう簡単には諦めない、意志の強い眼差しを向けられ、鈴香の首が無意識に縦に動いた。

「……うん」

雅洸の熱意に押されたように返事をした鈴香だが、すぐに「私のせいで、仕事を辞めたりしないでください」と付け足す。

「…………わかった」

しばらく考え込んだ後で、雅洸が深くうなずいた。

そして壁に取り付けられたラックに手を伸ばし、ボディーソープのポンプを押す。ドロリとあふれた液体を手に取り、雅洸は大きな手でそれを丹念《たんねん》に泡立てた。

「雅洸さん……？」

ゆっくり泡立っていくそれと雅洸を見比べる鈴香に、彼は「洗ってやるって言っただろ」と返した。

「だ、大丈夫。自分で洗えます」

「駄目だよ」

断ろうとする鈴香を、雅洸が強い口調で制した。

「……恥ずかしい……………」

いくら好きでも、男の人に体を洗ってもらうなんてありえない。

その気持ちを伝えるべく、鈴香は雅洸の腕の中で身をよじった。そんな抗議は受け付けないと言いたげに、雅洸は鈴香の体を背後からしっかり包み込む。

「俺に嘘を吐《つ》いた罰だよ」

そう言いながら、泡を絡めた手で鈴香の肌を撫《な》でる。ヌルリとした手が肩から腰へと滑《すべ》る感触に鈴香は肩を跳ねさせた。

雅洸は鈴香の髪を全て彼女の左肩にかけ、右肩越しにのぞき込むようにして、泡を絡めた両手で胸の膨《ふく》らみを包んだ。

「――――っ！」

泡の付いた手で撫《な》でられるという、いつもとは違う動きに体が震える。

鈴香がとっさに腰を引くと、雅洸の体に当たった。雅洸のものが熱く膨張しているのを感じて、鈴香は体を緊張させる。

「鈴香、愛してる」

雅洸が、鈴香の膨《ふく》らんだ胸を下から上へと押し上げる。

鈴香がうなずき返すと、雅洸は両手の人差し指と中指で左右の乳首をそれぞれ挟んだ。

「あっ」

乳首を強く挟まれ、引っ張られる感覚に、鈴香は声を漏らした。脱衣室での行為で敏感になっている肌にはたまらない。

膝《ひざ》から崩れ落ちそうになると、雅洸が左腕で彼女の腰を支えた。

「雅洸さん……駄目っ」

「駄目じゃないよ。まだちっとも綺麗に洗えていないんだから我慢するんだ。……ほら、ちゃんと足に力を入れて」

もう立っているのも辛いのに、そう言われると拒《こば》めない。鈴香は今にも崩れてしまいそうな足に力を入れた。

雅洸は満足げにうなずき、鈴香の胸を優しく撫《な》でていく。

敏感になっている肌に雅洸の手が触れるだけでも耐えがたいのに、泡を絡めた指の動きがいやらしく、鈴香を妖《あや》しい気持ちにさせる。

ぬめった手で胸を撫《な》でられるたびに、触れられた場所にムズムズした熱が残る。

鈴香は雅洸の動きを止めるべく彼の手に自分の手を絡めるけれど、圧倒的な力の差があり、阻止することが出来ない。

雅洸は、右手で鈴香の左胸を揉みしだきながら、左手を鈴香の下半身へと伸ばした。

「あっ！　ヤッ……………」

特に敏感になっている場所を不意に触られ、鈴香は悲鳴を上げ、身を守るためにしゃがみ込もうとした。

だが雅洸のたくましい腕が、それを許さない。

滑《なめ》らかに動く雅洸の手が、鈴香の内ももをいやらしく撫《な》でる。その感触に、鈴香は慌てて股を閉じようとした。でも足に上手く力が入らない。

「全部洗ってやるって言っただろ」

低くささやく雅洸は、その指を鈴香の薄い茂みに絡める。

そして、泡をまとった指で鈴香の蜜口を撫《な》でた。

「駄目ですっ……放して…………っあぁっ」

「ほら、ここを特に綺麗に洗わないと」

雅洸の指が、薄い肉襞《にくひだ》の合わせ目を丹念《たんねん》になぞる。

泡と愛蜜を混ぜ合わせるように動く指に、全身がわななく。

ビクビクと体を震えさせる鈴香の反応に、満足げにうなずいた雅洸は、さらに淫《みだ》らに指を動かしていった。

泡でぬめった雅洸の指は、鈴香の肉芽を捕らえて小刻みに振動する。

「あっ……はぁっっ…………触っちゃ嫌っ」

「鈴香のここは、嫌って言ってないよ」

雅洸はそう言いながら、鈴香の蜜口をゆっくりと撫《な》でる。

その指がわずかばかり中に沈んでくるだけで、体の奥が激しく疼《うず》いてしまう。

「雅洸さん……………駄目っ――――っ！」

嬌声《きょうせい》がバスルームに響く。

熱く膨《ふく》らんだ肉芽を不意に指でつままれ、鈴香は体を大きく跳ねさせた。

泡まみれの指は、肉芽をつまんだ次の瞬間にはツルリと滑《すべ》ってしまう。

その妖《あや》しく滑《なめ》らかな動きがたまらない。

「ほら、こんなに感じてるんだから、駄目じゃないだろ」

甘い声でささやく雅洸は、石鹸《せっけん》の泡がもたらす効果を承知しているらしい。自分の腕の中で身悶《みもだ》える鈴香の動きを楽しみながら、指を中へと滑《すべ》り込ませて敏感な肉襞《にくひだ》を撫《な》でる。

確かに言葉とは裏腹に、鈴香の下腹部はさらなる刺激を求めて痛いほど疼《うず》いてしまう。

雅洸の指が動くたび、体がピクピクと痙攣《けいれん》する。

そして鈴香の奥からは、止めどなく蜜があふれてくる。淫靡《いんび》な蜜が内ももを伝う感触が恥ずかしい。

「そろそろ泡を流そうか」

雅洸がそう言い、シャワーヘッドを手にして鈴香の体の泡を流していく。もう一方の手は相変わらず蜜壺を愛撫《あいぶ》していた。

「あっ！　ぁはぁっ…………」

その動きに体が痺《しび》れる。雅洸の指先が紡ぎ出す卑猥《ひわい》な音が、シャワーの水音よりも耳に付く。

「あぁっっ！　雅洸さん……もう本当に………駄目っ」

ひどく甘ったるい声で鈴香が名前を呼ぶと、雅洸が「どうしてほしい？」と聞いてくる。

「はぁっ…………っ」

熱い息を吐く鈴香は、掠れる声で「来て」と自《みずか》ら雅洸を誘った。

雅洸はうなずき、シャワーヘッドを元の位置に戻して、鈴香の腰を両手で掴んだ。

「あっ……きゃぁっ！」

突然強く腰を引かれ、鈴香は体勢を崩しそうになる。慌てて備え付けのラックの縁《ふち》を掴み、どうにか踏みとどまった。

だが姿勢を直す隙《すき》を与えず、雅洸が鈴香の腰に自分の腰を押し付ける。

雅洸のものが尻に触れて、鈴香を緊張させた。

熱くたぎるものの感触に、鈴香の体がさらなる刺激を求めて疼《うず》く。

「このまま挿《い》れていい？」

「……っ」

雅洸の問いかけに、鈴香は思わず身構えた。

雅洸の性格はよく知っているから、その発言がただ欲望に流されてのものでないのはわかる。

婚約破棄以降、まだ結婚に関してちゃんと話し合ったことはないが、雅洸の覚悟を読み取り、鈴香はうなずいた。

「鈴香……、愛してる」

熱を帯びた雅洸の声に、鈴香の体がさらに緊張する。

雅洸は鈴香の白くて形のいい尻を撫《な》でると、自分の下半身へと手を移動させた。そして蜜を滴《したた》らせる鈴香の秘唇に、硬く膨張している肉棒を触れさせた。

左腕で鈴香の腰を引き寄せた雅洸は、右手で陰唇を押し広げながら腰を押し付けてくる。

「――っあぁぁっ！」

ゆっくりだが、確実に沈み込んでくるものの感触に、鈴香は眉を寄せて喘《あえ》いだ。

「…………くぅっ……」

剥《む》き出しの背中に、雅洸の熱い息遣いを感じる。

雅洸は途中まで沈めた腰を少し引くと、またさらに奥へと沈めてきた。完全に沈むことも、抜き出すこともせずに、反復運動を繰り返す。

「やっ……雅洸さんっ…………駄目っ…………っ動かないでっ」

雅洸の腰が動くたび、鈴香の体全体に強い痺《しび》れが走る。

その甘い痺《しび》れに翻弄《ほんろう》される鈴香の訴えを無視して、雅洸は熱く激しく彼女の体を翻弄《ほんろう》した。

ラックを掴む指に力を入れ、崩れ落ちないよう必死に耐える鈴香の腰を、雅洸が乱暴に突き上げる。

雅洸の肉棒の先端が膣壁の果てに触れる。その感触に、鈴香の肌がより強く痺《しび》れた。

鈴香は、雅洸の腰の動きに合わせて短い呼吸を繰り返す。

「あぁ…………はぁぁ……………………あぁぁぁぅっ…………………はぁっ…………」

雅洸に突き上げられるたび、口からくぐもった声が漏れてしまう。

その甘い喘《あえ》ぎに煽《あお》られるように、雅洸はさらに激しく腰を動かしていく。

「雅洸さんっ……私もう…………」

指先が白くなるほど強くラックにしがみ付く鈴香に、雅洸が「いっていいよ」とささやいた。

その言葉で抑えていた感情の枷《かせ》が外れ、鈴香は背中を弓なりにして喘《あえ》いだ。

「あぁ――っ！」

鈴香が達したのを見届けた雅洸は、絶頂の余韻《よいん》に体を痙攣《けいれん》させる彼女の腰を押さえて、もっと激しく腰を突き上げてくる。

そして自分も絶頂まで達すると、鈴香の体を解放した。

雅洸のものが抜き出され、鈴香の内ももに熱いものが滴《したた》り落ちる。

彼はふたたび鈴香の体をシャワーで洗ってくれたが、その行為さえ、今の鈴香には耐えがたい刺激になってしまう。

「…………やっ」

行為の激しさに体力を消耗しきって、立っているのも辛い。

そんな鈴香の体を、雅洸が強く抱きしめてくる。

「愛している」

彼が熱のこもった声でささやく。鈴香としても同じ気持ちでいるのだが、それを言葉にするだけの余力が残っていない。

首の動きだけで自分の気持ちを伝える鈴香を、雅洸はバスタオルで包み、軽々と抱き上げてリビングへと運んだ。

◇◇◇

「パーティー？」

リビングのソファーで雅洸の腕に抱かれながら微睡《まどろ》んでいた鈴香は、彼の言葉を繰り返した。

「そう。祖父が主体になって運営している芸術賞があるのは覚えてる？　その授賞式の後にパーティーがあるんだ。伊ノ瀬家の人間が一堂に会するんだけど、伯父さんが、鈴香を招待したいと言ってたね……」

さっき雅洸が言っていた渡したいものとは、そのパーティーの招待状のことらしい。

「伯父さんは『この前、久しぶりに鈴香と会って懐かしかったのに、ろくに話す時間がなかったから……』って言ってたけど……」

雅洸が「それだけじゃないと思う」と、視線で訴えてくる。

「うん…………」

鈴香も同じ気持ちでうなずく。

豊寿はこの前、鈴香に「また今度、ゆっくり話そう」と言っていた。

顔を合わせれば、ふたたび鈴香に雅洸との別れを迫ってくるのだろう。

「パーティーには、鈴香の昔の知り合いも多く出席するから、不愉快なことを言われるかもしれないし」

「ああ……」

鈴香は遠くに視線を向け、苦い顔で笑う。

ハナミヤ産業倒産の際、鈴香の行く末を心配してくれる人がいる一方、気遣う言葉を口にしつつ、人の不幸を楽しんでいる人もいた。

そういう人とふたたび顔を合わせれば、豊寿と似たようなことを言ってくるかもしれない。

「だからパーティーのことは言わずに、俺が勝手に断ろうかと思ったんだけど……」

うしろから抱きしめている雅洸が鈴香の首筋に顔を寄せ「お前、そういうの嫌だろ？」と確認してきた。

「うん」

鈴香は大きくうなずく。

「そう言うと思った。……どうするかは、鈴香が決めていいよ」

首筋に触れる息遣いで、雅洸がどこか誇らしげに笑うのがわかった。

豊寿の招待を勝手に断らなかったのは、鈴香のことを信頼してくれている証拠なのだろう。

信頼という言葉で、以前刑部に「信用ってのは、覚悟のない奴が欲しがっていいもんじゃないぞ」と、怒られたことを思い出す。

それでも雅洸に、信頼される自分でいたいと思う。

「出席するなら、それなりの覚悟が必要だよね？」

「ああ……。そうなるな」

雅洸の言葉に、鈴香は深くうなずいた。

「パーティー、出席させてもらいます」

「了解。伯父さんに伝えておく。……そのとき改めて、俺は今も鈴香以外の人と結婚する気はないって、伯父さんを含めた周囲の人に宣言するから」

「それは……、責任重大ですね」

「え？」

「私も頑張って、雅洸さんに見合う自分になる努力をします」

「ありがとう」

雅洸が抱きしめる腕に力を込め「俺も頑張るよ」と言う。

「……？　雅洸さんが、なにを頑張るんですか？」

「秘密。……ただ俺なりに覚悟を決めたから」

鈴香の背中に額《ひたい》を押し付け、雅洸は静かに笑った。

7　君のために出来ること

休日の朝、電車の吊革に掴まる鈴香は、指を折り曲げながら一日の予定を確認する。

――なんだか今日は忙しい。

成り行きで刑部と釣りをしてから一週間。若干《じゃっかん》強引に交わされた約束を守るべく、鈴香は早起きをして鎌倉へと向かっていた。

今日は、朝から刑部と釣りをして、夜は伊ノ瀬家のパーティーに出席することになっている。

豊寿が待ち受けるパーティーに釣りをした格好のまま行くわけにもいかないので、美容院に寄ってヘアメイクを施《ほどこ》してもらい、服も着替えなくてはならない。

刑部との約束と伊ノ瀬家のパーティーが同じ日であることには、パーティーに出席すると言った後で気付いた。時間がかぶってしまうならともかく、夜にパーティーがあるからといって、先に約束した刑部に日程変更を頼む気にはなれなかった。

――雅洸さんも、大丈夫かな。

自分の予定も気になるが、雅洸のことも気にかかる。

あの日、「俺なりの覚悟を決めた」と話していた雅洸は、その後やけに忙しそうだった。

仕事が忙しいだけでなく、それが終わった後も、毎日のように誰かと会っているらしい。そのせいで鈴香と会う時間も取れないほどだ。

――毎日メールはくれるから、なにしてるかは、なんとなくわかるけど……

メールの内容から察するに、雅洸は女性とも会っているようだ。彼を偶然見かけたという尚也の友達からの情報によれば、噂《うわさ》の三鷹家の次女とも食事をしていたらしい。

しかも尚也が耳にする限りでは、雅洸と三鷹家の次女の婚約準備は着々と進んでいるようだとか。

――知らないほうが幸せな情報だったんだけど……

雅洸が浮気するとは思わないが、そんな話を聞いてしまうと、どうしても心がざわついてしまう。

それに雅洸が口にした「覚悟」の意味も気になる。

――まさか会社を辞めたりしないよね……

自分のために、そんなことしてほしくない。ならば鈴香自身の力で豊寿を納得させなくてはいけないのだろうが、どうすればいいのかわからない。

豊寿の性格から考えて、鈴香がＩＮＳに利益を与える存在だと思えば、雅洸との関係を認めてくれるのかもしれない。でもそのために、どうすればいいのだろう。

――とりあえず、私は私に出来ることを一つ一つこなしていこう。

まずは刑部との釣りだ。鈴香は、車窓から見える海のきらめきに目を細めた後、足元のクーラーボックスの上に置かれた紙袋に視線を向けた。

紙袋の中には、将棋《しょうぎ》の入門用に作られた子供向けのボードゲームが入っている。王将がライオン、角がゾウ、といった感じに将棋《しょうぎ》の駒が可愛い動物に置き換えられていて、基本的な駒の動きを学べるようになっている。

前回は一応悩みを聞いてもらったし、心配もしてくれていた。クーラーボックスを借りたお礼の意味も込め、孫娘が将棋《しょうぎ》に興味を持ってくれないと嘆《なげ》いていた刑部のために、ネットで見つけて購入しておいたのだ。

――喜んでもらえるといいな。

自分が大変だからと言って、誰かの優しさに気付かないふりはしたくない。

鈴香は刑部の反応を想像しながら、電車の揺れに身を任せた。


電車を降りた鈴香が、刑部に指定された駅のロータリーに向かうと、約束の時間の三十分前だというのに、すでに刑部の姿があった。

前回同様の釣りルックに身を包んだ刑部が、シルバーのステーションワゴンの傍《かたわ》らで大きく手を振っている。

「遅くなってすみませんっ」

「いや。遅くはないけどな」

慌てて駆け寄る鈴香を、刑部が笑って迎えた。

鈴香は、ふと車の助手席を見た。そこに座っている、知らない男が会釈《えしゃく》する。

――誰？

年齢は刑部より少し若いくらいだろうか。痩《や》せていてぼさぼさの髪をした彼の横顔は、なんとなく開発部の佐々木に似た感じがある。

「一昨日《おととい》からウチに住み着いている、釣りの弟子の殿村《とのむら》だ」

刑部は、助手席の彼のことをそう説明した。

はじめまして。そんな気持ちを込めて鈴香が頭を下げると、助手席の殿村もふたたび会釈《えしゃく》した。

「これ、この前お借りした……」

鈴香はクーラーボックスを刑部に差し出し、そのついでにと、お礼の品を渡す。

紙袋の中を確認した刑部は、満面の笑みでそれを受け取り、後部座席に乗るよう促《うなが》した。そして自分も運転席に戻る。

「僕、釣りの弟子だったんですか？」

鈴香と刑部が車に乗り込むと、二人の話が聞こえていたらしく、助手席の殿村が苦笑いした。

刑部は「おう」と返してニカッと笑う。

——もしかして刑部さん的には、私も釣りの弟子なのかな？

それはちょっと困るかも。と眉を寄せる鈴香に、殿村が「刑部さんには、仕事でお世話になったんです」と話した。

「ああ、ミズモトの社員の方ですか？」

「いえ違います。仕事でお世話になったのは、ずいぶん昔のことです。今の僕は、しがない無職なんですよ」

助手席から首だけをうしろに向ける殿村が、面目《めんぼく》ないといった様子で頭をかいた。

「無職でプラプラしているから、俺が釣りを伝授してやってる」

そう笑う刑部が、鈴香を指差して言う。

「で、こいつは『恋に悩む乙女』の花宮鈴香さんだ」

「ちょっっ！」

なんだその紹介の仕方は。

焦る鈴香のほうを振り返り、殿村が穏やかな微笑みを浮かべる。

「おおむねは、刑部さんからうかがっています」

「えっと……」

なにをどこまで……と鈴香が聞くよりも早く、殿村が続ける。

「ハナミヤ産業さんの件は、残念でしたね。これでも以前は会社勤めをしていたので、ハナミヤ産業さんのことも、名前くらいは知っています。生憎《あいにく》、お父様と面識はありませんが、息災とのことでなによりです」

「お……っ」

──刑部さん、どこまで話したのっ！

頬《ほお》を引きつらせる鈴香に、殿村が穏やかに言う。

「今はＩＮＳの創業者一族の方とお付き合いされているとか。……貴女の目から見て、相手の方はどんなビジネスマンですか？」

「はい？」

脈絡《みゃくらく》のない質問に、一瞬キョトンとした鈴香は、すぐに運転席の刑部を睨《にら》んだ。

――ラジオ代わりに聞き流してやるって、言ってたのにっ！

どうやら、鈴香が刑部に話した内容のほとんどが、殿村に筒抜けになっているらしい。

刑部は鈴香の視線を気にすることなくニカッと笑った。

「自慢の彼氏のノロケ話を、遠慮なく聞かせてやれ」

「なっ……」

からかわないでください！　と鈴香が怒るよりも早く、殿村が口を開く。

「それとも創業者一族というメッキで加工された、思慮の浅い粗悪なおぼっちゃまでしょうか？」

穏やかな口調の分、言葉の棘《とげ》が目立つ。

鈴香は、静かに微笑む殿村に「違いますっ！」と断言した。

「私の目から見た雅洸さんは、気の毒なくらい欲張りな人です」

「気の毒なくらい、欲張り？」

鈴香の言葉を、殿村が不思議そうに復唱する。そんな殿村に、鈴香は大きくうなずいた。

「そうです。未来の社長として苦労したくないなら、他の会社に就職すればいいし、逆に社長になりたいなら、伯父さんの言いなりになっていればいいのに――」

「君の恋人は、そのどちらも選ばなかった。そしてそのために、必要な努力を惜しまない人なんですね？」

「そうです。それに雅洸さんは、自分のためじゃなくそこで働く人たちのために、ＩＮＳの未来を見据えて努力しています。雅洸さんは、ＩＮＳが今後も長く生き残れる会社になるよう、自分の代で体質改善をしたいと話していました」

「なるほど、なかなか欲張りですね。……悪くありません」

殿村が、楽しそうにクックックッと喉《のど》を鳴らす。そして「ではもう一つ」と、鈴香にさらなる疑問を投げかけた。

「そんな彼のために、貴女はなにをしてあげたいと思いますか？」

その質問にならら、悩むことなく即答出来る。

「彼がいつでも弱音を吐ける存在として、一緒にいてあげたいです」

鈴香には雅洸のように、企業を引っ張っていく才覚はない。

それでも頑張っている雅洸にぶら下がるのではなく、彼が困っているときに助けになれる存在でありたい。

「それには、それなりの努力が必要だと思いますよ」

殿村の言葉に、鈴香は「覚悟しています」と、迷いなくうなずいた。

「いいですね」

鈴香の答えを聞いて、殿村が静かに笑う。その笑顔を合図にしたように、刑部が車を発進させた。

「な？　面白い子だろ？」

なぜか刑部が、得意げに殿村に尋ねた。

――私、なにか面白いこと言いました？

真面目に答えたのに……と微《かす》かに傷付く鈴香をよそに、殿村がうなずく。

「ええ。面白い人ですね」

「じゃあ今日は、荻野ガラスのお嬢ちゃんの恋の話を聞きながら、釣りを楽しむとしようか」

「えっ……！」

刑部の言葉に、鈴香は露骨《ろこつ》に顔をしかめた。

でも殿村は、やはり鈴香の反応を気にする様子はない。

「次の仕事も決められず、暇を持て余していたんです。もっと詳しい話を聞かせてもらえると嬉しいですね」

――私と雅洸さんの悩みを、無職のおじさんの暇潰しに使わないでくださいっ！

そんな思いを込めて刑部を睨《にら》んでいると、赤信号で車を停めた彼が鈴香を振り返る。

そして睨《にら》む鈴香に、いつもの憎めない笑顔を見せた。

「正直に色々話してみろよ。俺よりよっぽどいいアドバイスをしてくれると思うぞ」

そう請《う》け合う刑部に、殿村が右手をヒラヒラさせる。

「いえいえ。僕は若い頃から妻一筋で、恋愛経験がほとんどありませんから」

この二人に、恋愛のアドバイスなんて期待していない。

お願いだから、そっとしておいてほしい。

そのことをどう伝えようかと悩む鈴香に、刑部が言う。

「お土産《みやげ》の礼もあるから、悪いようにはしないよ」

「……っ！」

——なら、なおさらそっとしておいてください！

そう言おうとしたとき、信号の色が変わり、刑部がアクセルを踏んだ。思いのほか急な発進だったので、鈴香の体がうしろに仰《の》け反《ぞ》る。

「危ないから、ちゃんと座ってろよ」

注意されたことで、文句を言うタイミングを失ってしまった。

後部座席に深く座り直した鈴香は、言いそびれた言葉を呑み込んだ。

——私、なにやってるんだろ……。

夜には豊寿が待ち構えるパーティーがある。

彼の対処方法も思い付かないのに、自分の恋愛騒動をネタにしつつ、のんびり釣りをしていていいのだろうか。

しかも釣りのお供は、取引先の気難しいおじさんと、無職のおじさんときている。

前に目を向けると、刑部と殿村が楽しげに笑っていた。

——ま、いいか。

豊寿のことは、刑部や殿村に関係ない。

せっかくここまで来たのだ。とりあえず今は、おじさんたちとの釣りを楽しむことにしよう。

鈴香は気持ちを切り替え、改めて「今日はよろしくお願いします」と二人に頭を下げた。

◇◇◇

――鈴香の奴、なにやってるんだろ……


ホテルのロビーで電話をかけていた雅洸は、スマホを耳から離した。

もうじき伊ノ瀬家主催のパーティーが始まるのだが、鈴香がどこにいるのかわからない。

昼前にもらったメールでは、まだ鎌倉でミズモトの刑部と釣りをしている様子だったが、その後『よくわかんないけど、お土産《みやげ》を持って行きます』というメッセージを送ってきたきり、鈴香からの連絡が途絶えてしまった。

釣りが終わったら、ちゃんとドレスに着替えて髪をセットしてからパーティーに出席すると言っていた。

だから美容院にでもいて、電話に出られないのかもしれない。

それなら、そのうち折り返しの電話があるだろう。

――だいたい、土産《みやげ》ってなんだよ……

雅洸は溜息を吐《つ》いた。

高級ホテルの最上階に店を構えるレストランに、釣ったばかりの新鮮な魚を持ち込まれるのはちょっと困る。

――あの鈴香が、そんなことするとは思わないが……

釣りの土産《みやげ》と言われると、それ以外に思い付かない。

なんだかすっきりしないと唸《うな》りつつ、スマホをスーツの内ポケットにしまった雅洸は、自分の名前を呼ぶ声に振り返る。

すると、正面の回転ドアから尚也が入ってくるのが見えた。

「おう」

軽く手を上げた雅洸に、尚也が足早に駆け寄る。

「お招きどうも」

お約束の挨拶《あいさつ》を口にする尚也は、すぐに「お前、三鷹家の次女と結婚するの？」と聞いてきた。

「直球だな」

苦笑いする雅洸に、尚也が険《けわ》しい視線を向ける。

「俺の友達が、お前が三鷹家の次女と会ってるのを見かけたんだよ」

「なるほど」

雅洸がうなずくと、尚也はなおも鋭い声で続けた。

「そのこと、鈴香に教えたからな」

「なんで？」

「俺の周りでは、今日のパーティーで、お前と三鷹家の次女の婚約発表があるなんて噂《うわさ》もあるんだ。鈴香がなにも知らないでこの場所に来たらかわいそうだろ」

「ああ……」

一応の納得を示す雅洸だが、顎《あご》を手でさすりながら「確かに、伯父さんはそのつもりでいるみたいだけど」と唸《うな》る。

「じゃあやっぱり……」

「まあ、聞けよ。それは伯父さんが得意とする戦術だ」

「……？」

「伯父さんが、自分の意見に従わない組織を潰すときによく使う手法だ。……相手側の団結力を削《そ》ぐような噂《うわさ》を流して、その結束が緩《ゆる》んできたところで、自分に都合のいい情報を公開して潰しにかかる」

「あっ！」

なにかに気付いた尚也を指差し、雅洸が意地の悪い笑みを浮かべる。

「今回の場合だと、俺と鈴香の関係を潰したくて、三鷹家のお嬢さんとの婚約情報を流したんだ。俺の婚約相手に三鷹家のお嬢さんを選んだのは、鈴香と同じ学校の出身で、あいつも少なからず接点があったことがポイントだろう。見ず知らずの人より、多少なりとも面識のある人のほうが鈴香にプレッシャーを与えられる」

「……」

「相手を心理戦で追い込むときに重要なのは、嘘を吐《つ》かないことだ。『偽《いつわ》りの噂《うわさ》』ではなく、『そうとも受け止められる噂《うわさ》』を流すこと」

「そうとも受け止められる噂《うわさ》……？」

「そう。偽《いつわ》りの噂《うわさ》だと、その情報が嘘だとバレたときに、全ての信用をなくしかねない」

「なるほど……後で騙《だま》されていたことに気付いたら、相手の結束力がそれまで以上に強まる結果になりかねないしな」

「その通り」

雅洸が、パチンと指を鳴らして続ける。

「俺が伯父さんに三鷹家のお嬢さんとの婚約を勧められていたのは事実だし、伯父さんのお供で三鷹家のお嬢さんを含めた数人と食事をしたことがあるのも事実だ。それを『見合いをしていた』と噂《うわさ》されれば、食事をしたのは事実なだけに否定しても信憑性《しんぴょうせい》が薄くなる」

「なるほど。俺もその話、うっかり信じてたしな」

雅洸は「信じるなよ」と、面倒くさそうに髪をかき上げる。

「それに、いい歳した男が見合いしたかどうかなんて噂《うわさ》、いちいち否定して回ったりしないだろ？　仕事の最中にそんな話題が出ることもないから、俺の婚約話が進んでいるなんて噂《うわさ》があること自体、最近まで気付かなかったし」

「そうか？　俺は仕事関係の人からも、ちらほらその噂《うわさ》を耳にしていたぞ……」

疑わしいと眉を寄せる尚也に、雅洸が「俺とお前じゃ、業種が違うだろ」と冷ややかに返す。

「まあ伯父さんの誤算は、鈴香が地味に堅実にＯＬやってて、噂《うわさ》好きな富裕層の女性陣との付き合いがめっきり減っていたことだな。そんな噂《うわさ》を耳にする機会はなかったようだし」

「……うっ」

頬《ほお》を引きつらせる尚也に、雅洸が「どうした？」と問いかけた。

「ごめん。俺、雅洸の見合いの話、鈴香にしちゃった」

気まずそうに打ち明けた尚也が「ああ……」と唇の形を歪《ゆが》める。

「俺、噂《うわさ》に踊らされて、マズイことしたよな？」

申し訳なさそうに肩を落とす尚也に、雅洸は「問題ない」と手のひらをかざして答える。

「鈴香なら、大丈夫だと思うよ」

「だけど……」

「鈴香は、そんなに弱くないよ。……そんな弱い女に、俺は惚れないから」

恥ずかしげもなくそう断言する雅洸を、尚也が「お前変わったな」と茶化す。

そんな尚也を、雅洸は「うるさい」と言って睨《にら》んだ。

そしてすぐに悪巧みを楽しむような笑みを浮かべ、尚也に耳打ちする。

「鈴香のことは信用している。だけど、俺が俺のプライドとして、鈴香のことを守りたいんだ」

「うん」

「だから、これから鈴香を虐《いじ》めた悪者を退治しようと思う」

「……？」

「お前も、俺の悪者退治を見届けるか？」

「面白そうだな」

不思議そうな顔をしていた尚也だが、雅洸の誘い文句にニヤリと笑う。

「そう思うなら付いてこいよ」

戦う前から勝者の笑みを浮かべる雅洸は、指で尚也に合図して歩き出す。でもすぐに、誰かに名前を呼ばれたような気がして足を止めた。

◇◇◇

鈴香は、パーティーが開催されるホテルにタクシーで向かっていた。助手席に座ったまま、後部座席の刑部を振り返る。

「本当に大丈夫なんですか？」

不安を隠さない鈴香に、刑部は「おうっ」と気軽な返事を返す。

「本当ですか？」

「俺を信じろっ！　……っていうか、殿村を信じろ」

隣に座る刑部に肩を叩かれた殿村が、おじおじした様子で頭をかく。

「力不足だったらすみません」

「……はは」

申し訳なさそうに頭を下げる殿村を、これ以上困らせたくはない。鈴香は曖昧《あいまい》な微笑みを残し、正面へと向き直る。

そして二人に隠れて息を吐くと、なるようになれと覚悟を決めた。

結局、刑部が事前に色々話してしまっていたこともあり、鈴香の生い立ちから没落までと、それに伴《ともな》う雅洸とのなんだかんだを、殿村にも詳しく話す結果になった。

そうやって、釣りとお喋《しゃべ》りを楽しむこと数時間。不意に殿村が「決めました」と宣言した。

なにが？　と驚く鈴香に、刑部が「殿村は、アンタに付いていくことに決めたんだって」と説明した。

付いてこられても迷惑です。という返事に耳を貸すことなく、刑部は雅洸にもその旨《むね》を伝えるよう鈴香に迫った。

刑部の勢いに負けた鈴香は意味もわからぬまま、雅洸に『よくわかんないけど、お土産《みやげ》を持って行きます』とメールを送った。

そしてその宣言通り、殿村は鈴香に付いて東京まで来てしまったのだ。しかもなぜか刑部もいる。

鈴香が美容院で着替えと髪のセットをしている間に、どこで手に入れたのか二人もフォーマルなスーツに着替えてきて、パーティーに一緒に行くと言って聞かない。

せめて事前に雅洸にこの状況を伝えておきたかったのだが、雅洸にメールを送った直後、スマホを海に落としてしまった。

――それにしても殿村さん、何者なんだろう？

無職で住むところも決まっていない。今は夫婦揃《そろ》って、数少ない知人の家を転々としているという。

刑部は、そんな殿村をパーティーに連れていけば、絶対に鈴香の助けになると言って譲《ゆず》らないのだ。

——でも……

「刑部さん、殿村さんて、何者なんですか？」

刑部が無責任なことを言うとは思わないが、やっぱり不安がこみ上げてしまう。

「そんなの本人に聞け」

今日何度目かの鈴香の質問に、刑部も今までとまったく同じ答えを繰り返す。そして殿村も、

「自分の口で言うのは恥ずかしいので……」と、照れ笑いするだけだった。

「……」

今度こそ諦めようと覚悟を決めたタイミングで、三人を乗せたタクシーがホテルに到着した。

そして鈴香たちが正面玄関の回転ドアを押して中に入ると、見慣れた二人組がエレベーターホールへ向かう姿が見えたのだった。

「雅洸さんっ！」

鈴香がとっさに名前を呼ぶと、雅洸と尚也が振り返った。

すぐに駆け寄ってきた雅洸は、鈴香の背後に立つ人の姿に大きく目を見開き、息を呑んだ。

「殿村博士、どうしてここに？」

「釣りをしていて、彼女に釣られました」

殿村が、申し訳なさそうに答える。

——殿村……博士？

殿村は大学の先生でもしていたのだろうか。

鈴香にはよくわからないが、雅洸の表情から察するに、殿村と会えたことを喜んでいる様子だ。

「――？」

いまいち状況が呑み込めないでいる鈴香の脇腹を刑部がつつく。

「ほら見ろ」

ドヤ顔の刑部が「俺の六次の隔《へだ》たりも捨てたもんじゃないだろう？」と聞いてきた。

――ごめんなさい。殿村さんが何者なのか、やっぱりわからないんですけど……

そう思いつつも鈴香は、刑部に「そうですね」と返しておいた。

◇◇◇

――知らないって無敵だな。

エレベーターが下りてくるのを待つ雅洸は、隣に立つ鈴香を横目でうかがう。

鈴香は今日一日、殿村と一緒に釣りをしていたとのことだが、雅洸からすれば恐れ多くて信じられない話だ。

電子機器製造の業界に身を置く者にとって殿村博士といえば、神様のような存在だ。雅洸自身、殿村の頭脳は日本の財産だと思っている。

殿村は、昔は日本の企業で働いていたのだが、特許技術の権利問題で揉めたのを機に日本を離れ、海外の企業や大学で長く仕事をしていた。

その彼が、教鞭《きょうべん》を執《と》っていた大学との契約期間満了と同時に、企業とのアドバイザー契約も満了して日本に帰国したという噂《うわさ》が流れ、業界は色めき立った。

どこかの企業にヘッドハンティングされたわけではなく、この先の身の振り方を決めることもせずに帰国したということで、国内の大手企業はどこも自社に殿村を迎え入れようと躍起《やっき》になっていた。

ＩＮＳも多分に漏れない。それ相応の契約金を用意し、最大限殿村の希望に添った条件で契約する覚悟で、彼との交渉に挑もうとしたのだ。

だがいざ交渉に臨《のぞ》もうとすると、肝心の殿村の居所が掴めない。

彼の手がかりを探すべくその経歴を調べていくうちに、ミズモトの刑部の名前が出てきたのだった。

その昔、殿村が勤めていた日本企業に刑部もいた。そして企業は殿村が開発した特許技術で多大な利益を得たにもかかわらず、入社時に交わした職務規定を盾に、開発者である彼にその利益を還元しようとしなかったのだ。

それに異義を唱えたのが刑部だった。彼は自分になんの利益も生じないのを承知で、殿村の味方になってくれる弁護士を探し、会社に殿村の功労を認めさせ、それ相応の報酬を確約させたという。

その結果、刑部は会社を追われ、殿村はそのことを気にして日本を離れた。それから今日まで、日本の財産と呼ぶべき殿村の頭脳と技術力は、海外企業でばかり活用されてきたのだ。

――もしかしたら刑部さんが、殿村さんの連絡先を知っているかもとは思ってたけど……

まさか殿村が刑部の家に転がり込んでいるとは思わなかった。

雅洸は鈴香を仕事の話に巻き込むのもどうかと思い、気にはなっていたものの殿村のことを聞けずにいた。その間に、鈴香は彼と釣り仲間になっていたのだ。

――世界は意外に狭いのかもしれない。

雅洸がなんとも言えない思いで溜息を吐《つ》くと、エレベーターの扉が開いた。

「では行くとするか」

なぜか刑部が一同を率《ひき》い、真っ先にエレベーターに乗り込む。

そんな彼に続いてエレベーターに乗り込もうとした雅洸は、殿村と目が合った。

「あの、契約条件は、本当にあれでいいんでしょうか？」

遠慮がちに確認する雅洸に、殿村が「ええ」と満足げにうなずいた。

殿村の反応に恐縮しつつ、雅洸は鈴香を見る。

「鈴香、お前、本当に色々凄《すご》いな」

素直に感服する雅洸の背後で、刑部が「凄《すご》いのは俺の六次の隔《へだ》たりだからなっ！」と主張する。

雅洸はそこにも素直に敬意を払った。

◇◇◇

――六次の隔《へだ》たりって、本当に六次も必要なのかな？

雅洸から殿村の正体を聞かされた鈴香は、「凄《すご》いのは俺の六次の隔《へだ》たりだからなっ！」と息巻く刑部に感心しつつ、そんなことを考える。

会いたい人には、意外と三人くらい人を介せば会えてしまうものなのかもしれない。

そんなことを考えていると、小さなベルの音と共にエレベーターの扉が開いた。

「パーティー会場はもう一つ上じゃないのか？」

エレベーターを降りる雅洸に、尚也が聞く。

「ここのラウンジで、伯父さんと待ち合わせしてるんだよ」

そう返した雅洸が、貸し切りの札が下げられているラウンジへと入っていく。鈴香、尚也、刑部、殿村の順にその後に続いた。


「来たか」

薄暗い店内で一人がけのソファーに座り、タブレット端末でなにかを読んでいた豊寿が顔を上げた。

雅洸のうしろに立つ鈴香の存在に気付き、露骨《ろこつ》に眉を寄せる。

「なぜ彼女がここに？」

「俺のパートナーとして、この話の決着を見届けてもらうためです」

雅洸がそう言いつつ、豊寿の向かいのソファーに腰を下ろす。そして鈴香にも空いている席に腰を下ろすよう視線で促《うなが》した。

豊寿が静かに睨《にら》んで牽制《けんせい》してくる。だがここは豊寿より雅洸の考えに従うべきだろうと、鈴香は負けずに腰を下ろした。

「あっ！」

鈴香の背後に立っている人たちを見て、豊寿が声を上げた。

殿村のほうへと視線を向け、「なぜ彼がここに……」と驚いている。

「その話は後で」

雅洸が軽く手を上げ、豊寿の視線を遮《さえぎ》った。

「パーティーの開始まであまり時間がないですから、手短に話をしましょう」

「……ああ」

豊寿が渋々《しぶしぶ》ながらも同意すると、雅洸が人差し指を一本立てて言う。

「ではまず本題その一。……今日のパーティーに、三鷹家のご令嬢は出席しませんよ」

「――っ！」

驚く豊寿に、雅洸が「残念ですね」と冷ややかに返した。

三鷹家という言葉に反応してしまう鈴香には、大丈夫と言いたげに優しく目配せをする。

でもすぐに表情を厳しいものに切り替え、豊寿に視線を向けた。

「伯父さんは、今日のパーティーで俺の婚約発表をするつもりだったんですよね？　その場に三鷹家のご令嬢がいれば、相手に恥をかかせるわけにはいかない俺が、即座に否定出来ないと考えた。

その場面を鈴香に見せ付け、俺と別れさせるつもりだったんですよね？」

「さあ？　なんのことだかわからんな」

確信犯の笑みを浮かべつつ、豊寿が首をかしげる。

「三鷹家のご令嬢には、先日またお会いしてきました。俺にはすでに婚約者がいるので、もし今日のパーティーに出席すれば、伯父さんの嘘に踊らされて恥をかくことになるとお伝えしてきました。……彼女、驚いていましたよ。伯父さんからは、俺が彼女との婚約に乗り気だと聞かされていたとか」

「……」

ギリッと唇を噛む豊寿に「伯父さんの嘘には三鷹家のご令嬢だけでなく、彼女を溺愛しているお父上もお怒りのようですよ」と雅洸が付け足す。

「お前は、俺に恥をかかせる気かっ！」

声を荒らげて激怒する豊寿に、雅洸が冷ややかな視線を向けた。

「その程度で済むなんて思わないでください」

怒りを押し殺した低い声に、さすがの豊寿もひるむ。

雅洸は前屈みになって、膝《ひざ》の上で両手を組み合わせた。

「最初は、伯父さんがこれ以上鈴香との関係を邪魔する気なら、ライバル会社にでも移ろうかと思ったんですよ。俺が今まで培《つちか》った知識や人脈と一緒にね」

「――っ！」

自分のためにそんなことしてほしくない。そう視線で訴える鈴香の前で、豊寿が怒鳴る。

「バカかっ！」

「確かに、バカな考えでした」

雅洸のうなずく姿に、鈴香だけでなく豊寿も安堵の息を吐いた。

そんな豊寿を見据えて、雅洸が挑戦的な笑みを浮かべる。

「もしそんな理由で俺がＩＮＳを辞めたら、鈴香が気に病《や》みます。だからそれはやめました」

「当たり前だっ！　女一人のために仕事を辞めるなんて、なにを考えているんだっ！」

どうかしていると、豊寿が腹立たしげにソファーの肘掛けを叩いた。

「ええ、そうですね。彼女のためを思うからこそ、会社に残ります」

「なにをバカなことを言ってるっ！」

豊寿とは対照的に落ち着き払った雅洸は、伯父を冷ややかに睨《にら》む。

「……その代わりに伯父さんには、副社長の座を俺に譲《ゆず》っていただくことにしました」

「なにっ！」

驚いて立ち上がる豊寿に、雅洸はなおも冷静な視線を向け続ける。

「まあ、おかけになってください。……焦らなくても、週明けの役員会で承認されることが決まっていますから」

「……う、嘘を吐《つ》くな」

崩れるようにソファーに座った豊寿が、声を絞り出す。

「俺がビジネスの場で嘘を吐《つ》くような人間かどうか、伯父さんが一番ご存じだと思いますが。その確約を取り付けるために、ここしばらくあちこち奔走《ほんそう》させていただきました」

「……」

雅洸が最近忙しそうだったのは、そのためだったのだと理解する鈴香。その前で、豊寿が唇を噛む。

「俺の話が信用出来ないのなら、上に行って、周囲の反応から判断すればいいじゃないですか」

雅洸が、人差し指を立てて天井を示した。

一つ上の階で開催されるパーティーには、関係者としてINSの主要幹部も多く集まっているのだろう。

「……俺の真似をして、そう錯覚させるような噂話《うわさばなし》を流したのだろう」

「そう思うのは自由です。本気でそう思えるのなら、週明けまでは自分にとって都合のいい夢に溺れていられますよ。……それでも事実は変わりませんが」

これが本当に、人を切るのが苦手だと溜息を吐《つ》いていた、あの雅洸なのだろうか。

彼は迷いのない厳しい目で、豊寿を見据えている。

「お話し中、申し訳ありませんが……」

傍《かたわ》らに立ち、ことの成り行きを見守っていた殿村が、遠慮がちに口を挟んだ。その場にいる全ての者の視線を集めて、彼は話を続ける。

「敗戦が明確な方《かた》が、事実確認することなくここで吠えていても時間の無駄ですよ。検証を試みない推測は無意味です」

「……っ」

おっとりとした殿村の言葉に、豊寿が目を見開いた。

そんな豊寿の視線を気にすることなく、殿村はその口調のまま「お時間がないようですから、話を先に進めましょう」と続ける。

――研究者の思考回路だ。

殿村の言葉からは、なんの悪意も感じない。悪意がないからこそ、相手の心をえぐる。

豊寿も返す言葉が見つからなかったのか、グッと唇を噛みしめた。

「……」

「申し訳ありませんが、僕は貴方の出処進退《しゅっしょしんたい》に興味はありません。僕がこの場で申し上げたいのは、ただ一つ。彼……伊ノ瀬雅洸さんが所属する会社に勤めることに決めました」

「――っ！」

「彼がＩＮＳ株式会社の社長を目指すと言うのであれば、全力でその後押しをさせてもらうし、他社に移るというのであれば、そちらに付いていく。……待遇や契約条件なんて関係ありません。なんだったら、無給でも構いません。僕の求める条件はただ一つ、花宮鈴香さんの人生のパートナーである伊ノ瀬雅洸さんのもとで働くということだけです」

穏やかな表情でそうのたまう殿村に、雅洸が慌てる。

「いや。もちろん、相応の給与は支払わせていただきます」

そのうしろで刑部も「お前の実力に支払われる対価なんだから、遠慮なくもらっとけ」と言った。

「いえ、もう生涯かけても使い切れない金額をいただいてますから、どっちでもいいですよ」

そう軽く笑う殿村は、豊寿に向かって静かな口調で続ける。

「僕を切り札に使わなくとも、伊ノ瀬さんは自分一人の力で貴方を追い詰めたようですが、花宮さんのために、最後の一押しをさせていただきます」

「……どうして貴方ほどの人が、こんななんのメリットもない人間に肩入れするんですか？」

納得がいかない表情をする豊寿に、殿村が答える。

「花宮さんは、人を丁寧に愛せる人です。僕は、彼女のそんなところが気に入ったんですよ」

「それは、殿村さんを大事に扱うということですか……？」

相手が殿村なら、自分だって大事に扱う。

そう言いたげな豊寿に、殿村が「本質的なところから、貴方と彼女は違います」と首を横に振る。

「彼女は『身近な誰か』だけでなく『自分自身』にも、丁寧に愛情を持って接することが出来る人です。それは自己犠牲で物事を解決するより難しい。……窮地《きゅうち》に立たされたとき、楽なほうに流されることなく、他の誰かも、自分自身も粗末にせず幸せを追求する。それはなかなか出来ないことですよ」

そう話す殿村が、雅洸をチラリと見る。そして満足そうにうなずいてから続けた。

「そんな花宮さんが選んだ彼も、同じ考えの持ち主のようだ。だから彼に自分の能力を預けることにしたんですよ。……少なくとも、彼女の力量を測ることなく『なんのメリットもない人間』と評価するような人のもとでは働きません」

「……」

唇を噛みしめる豊寿を前に、雅洸がパンッと手を鳴らして立ち上がる。

「ということで、この話は終わりです」

「……」

「俺は、大事なもの全てを守る覚悟を決めました。そのためなら、たとえ相手が伯父さんでも、どこまでも戦いますよ」

そう宣言して、鈴香に「行こう」と手を差し出す。

「はい」

鈴香は笑顔で返事をし、雅洸の手をしっかり握りしめて立ち上がった。

◇◇◇

「本当に、忙しい一日だった……」

パーティーが行《おこな》われたホテルのスイートルーム。その広々としたリビングのソファーで、シャワーを浴びてシルクのバスローブに身を包んだ鈴香が、クッションを抱きしめて唸《うな》る。

「本当に忙しくなるのは、これからなんだけどな」

鈴香を一足先に部屋に引き上げさせ、自分はさっきまで会場に残っていた雅洸が、ソファーの背もたれのうしろから鈴香の顔をのぞき込んだ。

「……？」

「こんなに早く副社長に就任するつもりなんてなかった。まだまだ勉強不足だし、十分な人脈があるとも言えない。過半数以上の役員の承認を取り付けたとはいっても、伯父さんの側に付く人間もいる……」

ネクタイの結び目に指をかけた雅洸が、この先自分が抱えることになるであろう懸念材料を口にする。でも自分を見上げる鈴香の申し訳なさそうな視線に気付いて、口をつぐんだ。

「ごめんなさい」

鈴香が、弾力のあるクッションを抱きしめる腕に力を込める。

雅洸は「問題ないよ」と、さらりと笑った。

「いつかは上《のぼ》るつもりでいた階段だ。その時期が少し早まっただけさ」

彼は背もたれ越しに、鈴香の頬《ほお》に口付けをした。

短い口付けの後、「それに……」と続ける。

「もし十分に歳を取って、必要な知識や人脈が揃《そろ》ったとしても、そのとき鈴香が一緒にいてくれないのなら、なんの意味もないから」

「ありがとう」

鈴香がホッと息を吐くと、雅洸の唇がまた鈴香の唇に触れた。

「それに、殿村さんの存在もありがたい。……彼を連れてきてくれた鈴香には、本当に感謝してるんだよ」

雅洸がそう言ってもう一度強く唇を押し付け、「ありがとう」と言った。

――私にも、雅洸さんにしてあげられることがあったんだ。

まだ未熟だった短大時代、雅洸の優しさに甘えることなく自分の力で仕事を見つけた。その仕事で努力した結果、知り合った刑部に殿村を紹介された。

あの日、雅洸の優しさに甘えてそのまま結婚していたら、出会うことのなかった人たち。全ては彼らのおかげだ。

鈴香は、その幸せを静かに噛みしめた。それをそっと咀嚼《そしゃく》するように、ゆっくりと唇を動かす。

クスッ。

唇を触れさせたまま、雅洸が笑う。

「……？」

そして唇を離した彼は、不思議そうな顔をする鈴香を見て微笑んだ。

「いや。お前、自分のこともうお嬢様じゃないって散々《さんざん》言ってたくせに、スイートルームで堂々とくつろいでるから」

「ああ……。確かに」

子供の頃、よく泊まっていたからあまり気にしていなかった。だが、確かに普通の女の子なら、高級ホテルのスイートルームに多少は気後《きおく》れするものかもしれない。

「安いスーツ着てリムジン乗って、高い烏龍茶《ウーロンちゃ》を日本茶用の急須《きゅうす》で淹《い》れる。そんなところが、鈴香らしくて面白いよ」

「なんか、バカにされてる気が……」

眉間に皺《しわ》を寄せると、雅洸が「違うだろ」と言って、彼女の頭をクシャクシャと撫《な》で回す。

「もうっ」

鈴香が乱れた髪を手櫛《てぐし》で整えている隙《すき》に、雅洸が前に回り込んで片膝《かたひざ》をついた。そしてソファーに座る鈴香の手を取り、上目遣いで言う。

「鈴香の全部を愛してるんだ」

「……」

「たぶんこれから大変な日々が続くと思う。だから、今のままの鈴香に、俺のことを支えていてほしい」

「うん。私でいいなら」

鈴香が照れながらもうなずくと、雅洸が「よかった」と立ち上がる。

そして鈴香の手を引き寄せ、手の甲にキスをした。

「雅洸さんのこと、愛してます」

「俺も」

愛情を伝える言葉は、何度口にしても恥ずかしい。

恥ずかしいけど、口にするたびに、心がくすぐったくて幸せな気持ちになれる。

今度は鈴香から唇を寄せて短いキスを交わすと、雅洸が彼女の体を抱きしめて立ち上がった。

「――っ！」

急な浮遊感に体が緊張する。鈴香は、雅洸の首筋に腕を絡めた。

雅洸がなにを求めているのかも、鈴香をどこに連れていこうとしているのかも承知している。

鈴香も同じ気持ちでいるのだから、安心して身を任せていればいい。

そんな思いで、鈴香は彼の耳元に顔を寄せ、「雅洸さん、愛してます」とささやいた。


雅洸は、鈴香をベッドルームへと運んだ。そして鈴香の体をそっとベッドに下ろすと、手早くスーツを脱ぐ。

そのまま、ベッドに横たわる鈴香の上に覆《おお》いかぶさった。

完全に押し潰されているわけではないが、それでも十分息苦しい。

「鈴香、愛している」

ささやく雅洸の声に、彼の興奮を感じる。

うなずき返す鈴香も、自分の中に雅洸を求める熱があるのを感じていた。

時間が止まっているかのように静かな部屋では、雅洸の鼓動や呼吸の音がやけに耳に付く。

「鈴香、一生俺に付いてきて」

「うん。ずっと……雅洸さん…………の…………」

側にいますと言い終わるのを待たずに、雅洸の唇が鈴香の唇を塞《ふさ》ぐ。

ちゃんと最後まで言葉で伝えたい。鈴香はそう思って、逃れようともがいたけれど、雅洸の唇がすぐに追いかけてきて、また唇を塞《ふさ》ぐ。

そして逃げる鈴香を窘《たしな》めるように、彼女の唇を甘く噛んだ。

甘ったるい痺《しび》れに、鈴香の体がビクッと跳ねてしまう。

その反応が面白かったのか、雅洸は数回続けて噛んだ。

そのたびに、鈴香の体は自然と反応してしまう。

「鈴香……」

唇を噛まれ、名前を呼ばれるだけで体の奥が熱くなる。

「……っ」

鈴香は眉を寄せ、声にならない声を返す。すると雅洸の唇が、細い首筋へと移動していった。

わざと唾液の筋を残して動く、雅洸の舌が熱い。

雅洸は鈴香の首筋を舐め、鎖骨のくぼみをしゃぶる。

そうしながら、右手の人差し指で、左胸の膨《ふく》らみをなぞった。

上質なシルクのバスローブの上を、雅洸の指が這《は》う。

その動きは滑《なめ》らかで、直《じか》に触れられるのとは違う妖《あや》しい感触を鈴香に与えた。

最初は人差し指だけだったが、次第に他の指も使い、雅洸は鈴香の胸を甘く刺激してくる。

蠢《うごめ》く指の感触は、細密な刷毛《はけ》で撫《な》でられているようでくすぐったい。胸の膨《ふく》らみ全体を撫《な》でている雅洸の指が、ときどき先端の蕾《つぼみ》を捕らえて捻《ひね》ったり、強く押さえ付けたりした。

胸の頂点をじりじりと弄《もてあそ》ばれる感覚が、鈴香の肌を熱くしていく。

「やっぁ…………っ」

雅洸に胸の先端を強くつままれ、鈴香が甘くくぐもった声で喘《あえ》いだ。

「指だけじゃ不満？」

鈴香の喘《あえ》ぎをどう受け取ったのか、雅洸はそう言ってバスローブ越しに胸に口付けをし、そのまま熱い息を吹きかけてきた。

「…………っ…………はぁっ」

布越しに感じる雅洸の息遣いが、バスローブに包まれた鈴香の肌全体を熱くする。

特に下腹部がジンジンするほど熱かった。

鈴香が切なげに溜息を吐くと、雅洸はさらに息を吹き込んでくる。

それだけでも十分くすぐったいのに、舌で胸の先端を刺激された。

雅洸の唾液で湿ったバスローブが敏感になっている肌に張り付き、その上を舌がくにゅくにゅと蠢《うごめ》くのでたまらない。

「雅洸さんっ……駄目っ」

舌の卑猥《ひわい》な動きに耐えられなくなった鈴香が、雅洸の肩を押して抵抗した。

それでも雅洸は、鈴香の胸から顔を離すことなくそこを舌で味わう。

そしていつの間にか硬く尖っていた先端を強く噛んだ。

「――っ！」

痛みを伴《ともな》う痺《しび》れに、鈴香が体を跳ねさせると、雅洸はニヤリと笑う。そしてやっと鈴香の胸から唇を離し、おもむろに顔を上げた。

「鈴香、もう凄《すご》くいやらしい顔をしてるよ」

雅洸が、上気する鈴香の顔を撫《な》でながらささやく。鈴香は顔が熱くなるのを感じた。

「見ちゃやだ……」

恥じらう鈴香の声に、雅洸が小さく笑う。

「それは無理だ。俺は、鈴香の全てを見ていたいんだから」

「……っ」

そんなことを言われても困る。

鈴香が恥ずかしさにうつむくと、雅洸はその顎《あご》を捕らえて持ち上げる。

そして鈴香の目をのぞき込みながら、少し意地悪な声でささやいた。

「知ってる？　鈴香の困った顔って、どこか淫《みだ》らで、凄《すご》く男心をそそるんだよ。……困ったふりをして、本当は俺にもっといやらしいことをねだっているのかと思うくらいだ」

「……っ」

そんなことを言われると、どんな顔をすればいいのかわからなくなる。

戸惑う鈴香に、雅洸が「それとも本当に、俺のことが嫌なのか？」と尋ねてくる。

「その質問の仕方はずるい……」

鈴香は雅洸をなじる。

嫌であるはずがない。ただ雅洸の熱い眼差しから逃れたいのだ。

「ずるくないよ。鈴香の全てが、俺を誘っているんだよ」

雅洸はそうささやきながら、鈴香の着ているバスローブの合わせ目に手を滑《すべ》り込ませた。そして、肩を撫《な》でるように手を動かす。

それだけで、滑《なめ》らかなシルクは肌を滑《すべ》り落ち、鈴香の上半身があらわになってしまった。

そしてふたたび雅洸が、鈴香の体の上に重くのしかかってくる。

「……っ」

素肌で感じる雅洸の鼓動と体温に、今さらながらに緊張してしまう。

好きな人と肌を合わせるという行為に、完全に慣れることなどないのかもしれない。

雅洸が上半身を起こし、あらわになった鈴香の肌に視線を落とす。

「恥ずかし……」

鈴香はその視線から逃れるために体を捻《ひね》ろうとしたが、雅洸が腰の上にまたがっているので出来ない。

せめて視線だけでも遮《さえぎ》ろうと手を伸ばせば、雅洸がその手を捕らえて細い指先に口付けする。

「あっ」

指先に押し付けられた雅洸の唇。その間からのぞく舌に指の付け根を舐められると、ヌメヌメとした感触に肌がざわつく。

鈴香がとっさに指を引っ込めると、雅洸が悪戯《いたずら》な笑みを浮かべた。

「隠しちゃ駄目だよ」

そうささやくと、雅洸は鈴香の胸の谷間に舌を滑《すべ》らせ、あらわになった乳房を舐めた。

雅洸の舌は、鈴香の胸の膨《ふく》らみの上をゆっくり這《は》うだけで、硬く膨《ふく》らんでいる先端には触れようとしない。

バスローブ越しに散々《さんざん》嬲《なぶ》っておいて、直《じか》には触れない――

そうやって敏感になっている場所を放置されると、胸の奥にムズムズとした熱がこもってしまう。

「……っ」

乳輪の縁《ふち》をなぞるように動く舌の動きが恨《うら》めしくて、鈴香は腰をくねらせる。すると、雅洸が上目遣いに鈴香の表情をうかがった。

「どうかした？」

胸から舌を離し、そう問いかけてくる雅洸の顔は、確信犯の笑みを浮かべている。

「……意地悪っ」

「なにが？」

それでもなおとぼけた雅洸は、鈴香に口付けしながら、右手で胸を愛撫《あいぶ》し始めた。柔らかな胸の膨《ふく》らみに、雅洸の指が深く食い込んでくる。

さっきのバスローブ越しの優しくくすぐったい愛撫《あいぶ》と違い、柔らかな乳房を直接揉みしだく刺激は、さらに鈴香の体を熱くさせる。

「…………あぅっ…………っ」

痛いほど指を食い込ませたかと思えば、優しく撫《な》でるようにこね回す。そんな緩急《かんきゅう》を付けた愛撫《あいぶ》の際中も、雅洸の指が先端の膨《ふく》らみに触れることはない。

触れそうなギリギリの位置まで迫ってきては離れていく。

「どうしてほしい？」

鈴香の胸を弄《もてあそ》ぶ雅洸が、そう問いかける。

「先っぽも……」

たまりかねた鈴香が、恥ずかしさを押し殺してねだった。

すると雅洸が小さく笑って「先っぽを、どうしてほしい？」と聞いてくる。

「……っ」

そこまで言うのは恥ずかしすぎる。

羞恥心《しゅうちしん》で黙り込む鈴香の顔を、雅洸がのぞき込んだ。

「嘘だよ。鈴香に、そこまで意地悪しないよ」

雅洸はそう言って、鈴香の額《ひたい》に口付けする。

「……」

「でも結婚したら、少しずつ、もっといやらしいことを教えていくけどね」

「えっ……っ？」

それはどういう意味かと確かめるより早く、雅洸の口が鈴香の胸を捕らえた。

胸の先端を口に含んだ雅洸は、クチクチュと粘《ねば》っこい音を立ててしゃぶっていく。

「あ……っ！」

痛みを伴《ともな》うほど激しく乳首を吸われ、鈴香は小さく呻《うめ》いた。

さっきまでの中途半端な愛撫《あいぶ》で淫《みだ》らな熱がこもっていた体には、乱暴なほどの刺激も心地よい。胸を起点にして、鈴香の体全体が熱に包まれていく。

雅洸がジュルジュルと水っぽい音を立てながら、鈴香の乳房をしゃぶる。

時間が止まったように静かだった部屋に、その音だけが響いて恥ずかしい。

「やぁッ……」

恥ずかしさに耐えかね、鈴香は雅洸の頭を軽く押した。

「こうしてほしかったんじゃないのか？」

ねっとりと唾液に濡れ、艶《つや》をおびた乳房から口を離し、雅洸が問いかける。

「……じゃなくて…………っ」

なにをどう伝えればいいのかわからない。

自分がなにを求めているのかすら、わからなくなっていた。

恥ずかしくてしょうがないはずなのに、体の奥——本能で雅洸を求める場所が、彼から羞恥心《しゅうちしん》を感じるほどの刺激を与えられたいと願っている。

「しょうがないな」

雅洸が小さく笑い、鈴香の腰に手を回す。そしてバスローブの腰帯をスルリと解《ほど》いた。

腰帯のおかげでどうにか留まっていたバスローブは、あっさりと鈴香の肌から離れた。

雅洸の手は、そのまま足の付け根へと伸びていく。

「あっ！」

彼の指が、ショーツの上から鈴香の陰唇を撫《な》でた。

「鈴香、もう濡れているよ」

そんなこと、言われなくてもわかっている。

鈴香が無言のままでいると、雅洸は「触られただけじゃわからない？」と言って、顔の位置を下へと移動させていく。

そして鈴香の内ももを両手で掴むと、強引に大きく押し広げる。そのまま顔を寄せ、鈴香の潤《うるお》いを確かめるかのごとく、ショーツの上から陰唇を舐めた。

「あっ……はぁっっ！　雅洸さ……んっ」

最初にペロリと膨《ふく》らみを撫《な》でた雅洸の舌は、ねっとりとした愛撫《あいぶ》を始める。

その刺激がたまらないと、鈴香は反射的に雅洸の頭を押した。けれど、雅洸が顔を離してくれる気配はない。

それどころか鈴香のささやかな抵抗を楽しむかのように、さらに淫靡《いんび》に舌を動かしていく。

「くぅッ……っ」

布越しの刺激は、地肌を直《じか》に触れるのとはまた違った刺激がある。

それはさっき胸を愛撫《あいぶ》されたときにも感じたことだが、下半身への愛撫《あいぶ》は、胸へのそれとは比べものにならなかった。

雅洸の熱い息遣いを感じながら舌で刺激されると、体の奥から熱い蜜が溶け出してくる。

下半身を濡らしているのが自分の蜜なのか、雅洸の唾液なのか、鈴香にはもうわからなくなっていた。

「ンっ……………あっ………………あっ」

下半身がとろけそうに熱い。

腰から下が全て、雅洸の舌に溶かされてしまったような感覚になる。

どうしようもない熱に侵《おか》され、体が小刻みに震えてしまう。

鈴香は、その震えをごまかそうと両手を口元で組み合わせ、親指をきつく噛みしめた。

そうしていても、膣が淫《みだ》らな刺激を求めて締《し》まり、鈴香の体を切なく疼《うず》かせる。

「奥がピクピクと震えているよ」

雅洸は、鈴香の体の反応を見逃さない。

そうささやき、さらに激しく陰唇を刺激してくる。

ことさら強く前に突き出した舌を、ショーツの上で左右に動かす。そうかと思えば、今度はゆっくりうなずくかのように、首を上下に何度も振った。

そうされると、熱く膨《ふく》れて敏感になっている肉芽にも雅洸の舌が触れる。

「――っ！」

一番敏感な場所に舌が触れるたび、鈴香の腰が跳ねてしまう。

熱い肉芽を舌で弄《もてあそ》んだ雅洸は、唇をショーツに押し付け、熱い息を吹き込んでくる。その感触に鈴香はもがき、シーツの上に足を滑《すべ》らせた。

「ん…………はぁっ……雅……っ洸さ…………。あぁぁぁっ！」

雅洸が、今度は強く吸い上げてくる。鈴香の敏感な肌は、雅洸の激しい息遣いを感じてわななないた。

「雅洸さん……もうっ…………うっ――あぁぁっ！」

布越しに散々愛撫《さんざんあいぶ》され、柔らかく充血していた陰唇に、雅洸の舌が直接触れた。

その感触に鈴香は甲高《かんだか》い声を上げる。

雅洸は、そのまま鈴香の陰唇の襞を舌で押し開き、蜜壺の中に滑《すべ》り込ませた。

さっきまでとは違う直接的な愛撫《あいぶ》に、腰がビクビクと痙攣《けいれん》してしまう。

「はぁぁぁっ……あっ…………もう…………っはぁ」

鈴香の細い太ももを押さえ、雅洸は丹念《たんねん》に蜜を啜《すす》る。

その絶え間なく続く舌の動きに耐えかね、鈴香は苦しさに身悶《みもだ》えた。ガクガクと腰を震わせていると、徐々に体が緊張していく。

そのまま絶頂に上《のぼ》り詰めそうになるが、その直前、不意に雅洸の舌が離れた。

「雅……洸さん…………？」

雅洸は上半身を起こして、鈴香の顔を見下ろす。

鈴香も熱に潤《うる》んだ目を向けると、彼は顔を寄せて口付けた。

唇を優しく食《は》むような口付けをしながら、彼女の尻のラインを撫《な》でるようにしてショーツを脱がす。

唯一身に付けていたショーツも脱がされた鈴香は、雅洸が自分になにを求めているか、十分に承知している。それでもひどく緊張してしまう。

「鈴香っ」

雅洸がもう一度上半身を起こし、低い声で名前を呼ぶ。

その声に鈴香が「はい」と返事をすると、雅洸は彼女の内ももを撫《な》でた。

「愛している」

そうささやき、雅洸がふたたび鈴香に口付けする。

口を塞《ふさ》ぐ雅洸の唇から、熱い息が漏れ伝わってきた。その吐息を享受《きょうじゅ》する鈴香の口に、雅洸の舌が忍び込んでくる。

鈴香は、とろりと熱に潤《うる》んだ意識の中で、雅洸の舌に自分のそれを絡ませた。

ねっとりと舌が絡み合う粘着質《ねんちゃくしつ》な水音が、鈴香の鼓膜《こまく》を支配していく。

「雅洸さん……………熱いっ」

雅洸の肉棒の先端が、蜜を滴《したた》らせる太ももに触れた。

その熱さだけで、鈴香の膣がキュッと収縮してしまう。

「鈴香っ」

そう名前を呼びながら、雅洸が淫靡《いんび》な熱に潤《うる》む鈴香の中へと、一気に腰を沈ませた。

蜜に潤《うる》んだ媚肉《びにく》を押し広げ、雅洸のものが沈み込んでくる。十分に蜜を滴《したた》らせていた鈴香の膣は、それを滑《なめ》らかに受け入れていく。

「あ……ぁあぁっ…………はぁっ…………ふぅっ」

熱く脈打つ肉竿が、敏感な膣壁をこする。その感覚がたまらない。

鈴香は、雅洸と唇を重ねたまま喘《あえ》いだ。

雅洸は、熱い息を吐く鈴香の舌に自分の舌を絡めながら、ゆっくり腰を動かしていく。

膣がその摩擦《まさつ》をむさぼるように収縮する。痛みを感じるほどのそれを、鈴香自身、どうすることも出来ない。

鈴香の膣が狭まっていくからなのか、雅洸のものが膨張していくからなのか、摩擦《まさつ》を繰り返すたび、どうしようもない熱と痺《しび》れが鈴香の体を支配していく。

「はぁあっ…………あっ…………っ」

甘く鼻にかかった嬌声《きょうせい》を、抑えることが出来ない。

雅洸は、その嬌声《きょうせい》を吸い上げるように舌を絡めた。そうしながら、何度も何度も腰を打ち付けてくる。

酸欠で頭がくらくらしてくる。

鈴香が息苦しさから雅洸の胸を軽く押すと、彼はやっと唇を解放してくれた。

「鈴香の声、凄《すご》く感じる」

そうささやき、打ち付ける腰の角度を変える。

「あぁ――っ！」

荒々しく沈んでくる雅洸の肉竿が、膣奥を突き上げた。

今までで一番強い刺激に、鈴香は体を大きく反らした。

雅洸自身も強い刺激を感じているのか、苦しそうに眉を寄せる。

「鈴香っ」

名前を呼ぶ雅洸の声で、鈴香は耐えがたい刺激と快楽を、二人で共有しているのだとわかった。

雅洸は、そのまま激しく鈴香の奥を突き上げる。

「はぁあっ……………あっ…………………あぁ……雅洸さん…………っ」

彼が執拗《しつよう》に膣壁を突き上げてくる感覚に、鈴香の意識が霞《かす》んでいく。

鈴香は、甘い声で喘《あえ》ぎながら、何度も腰を跳ねさせた。

その声に刺激され、雅洸の動きが激しさを増す。

これでもかというほど荒々しく突き上げるその勢いに、彼の限界が近いのを感じた。

そして鈴香自身も、これ以上は耐えられない。

「雅洸さんっ………もうっぅ……」

鈴香は雅洸の首筋に指を這《は》わせ、自分の絶頂が近いことを告げた。

雅洸はその手を掴んでベッドのマットレスに押し付け、腰を動かす速度をさらに上げていく。

「はっ――っぁあっ――っ………くっ！」

「あっぁぁぁあっ」

鈴香の手首を握る雅洸が、手に力を込める。

そうしながら腰を乱暴に動かし、一番深い場所を突く。

その激しい衝撃で二人同時に達すると、雅洸が鈴香の隣に倒れ込んだ。

雅洸のものが抜け去る感覚に、絶頂まで上《のぼ》り詰めた鈴香の膣が切なく疼《うず》く。

収縮する膣の動きに合わせて鈴香は腰を震わせ、雅洸の体に自身の腕を回した。

「鈴香……」

そう呼びながら、雅洸も鈴香を抱きしめる。

「雅洸さん、愛してます……」

好きな人の腕の中に抱かれる。その幸福感を噛みしめながら、鈴香は瞼《まぶた》を閉じた。

エピローグ　嵐の後で

あのパーティーの日から数週間が経った。

「雅洸さん、朝ですよ」

朝の淡い光が差し込むベッドルームで、鈴香は雅洸の肩を軽く揺する。

「…………ぅっ……っ」

鈴香の声に反応して、雅洸がもそりと体を動かすが、その目は開かれない。

「雅洸さんっ！」

鈴香が雅洸の体を強く揺すりながら、「早起きして、刑部さんたちと釣りに行くんじゃなかったんですか？」と言うと、彼はやっと重い瞼《まぶた》を開いた。

「……」

それでも動き出す気配はない。

「もうっ。普段どうしてるんですか？　アメリカにいたときとか、どうやって起きてたんですか？」

今日は一緒に釣りに行くために雅洸のマンションに泊まったが、普段は別々に暮らしているので、朝の様子は知らない。だがこの寝起きの悪さを見ると、雅洸が普段どうやって起きているのか不思議になる。

「いつもは、どうにか起きて着替えて、迎えの車の中で意識が覚醒《かくせい》するのを待つ。……アメリカにいたときは、フレックス制だったから何時に起きても問題なかった」

雅洸が羽毛布団にくるまりながら答える。

そして「さすがに最近忙しすぎて疲れた」と唸《うな》った。

「確かに、そうですよね」

それは鈴香も認めるところだ。

あの日雅洸が通告した通り、週明けには豊寿が更迭《こうてつ》され、雅洸の異例の若さでの副社長就任が決まった。

そこから今日まで、雅洸は様々な業務に忙殺《ぼうさつ》され、まともな休みも取れない日が続いていた。

そしてやっと取れたこの休みに、刑部、殿村の二人と釣りに行く約束をしたのだ。

「………鈴香がキスしてくれたら起きる」

雅洸が、寝起きの掠れた声で甘える。

「もうっ」

と、呆れつつも鈴香は頬《ほお》に口付けをする。その隙《すき》を突いて雅洸が鈴香の腰に腕を回し、「キャッ！」と悲鳴を上げる彼女の体を抱きしめた。

「俺の寝起きの悪さを心配するなら、早く結婚して鈴香が毎朝起こしてよ」

「うん」

鈴香は、迷いなくうなずく。

幸せに生きたいと思うなら、鈴香の人生に雅洸の存在は欠かせない。

彼に甘えて依存するのではなく、雅洸と一緒に幸せになりたい。

嵐のように大変な日々を乗り越えた後だから、その自信が持てる。

「よかった」

雅洸が鈴香を強く抱きしめ、その唇に口付けした。

～大人のための恋愛小説レーベル～

ETERNITY エタニティブックス

ロマンティックだけど野獣的。

暴走プロポーズは極甘仕立て

ETERNITY エタニティブックス Rouge

エタニティブックス・赤

冬野《とうの》まゆ

装丁イラスト／蜜味

男性に免疫ゼロの彩香《あやか》が、突然大企業の御曹司に求婚された！この御曹司、『面倒くさい』が口癖なのに、何故か彩香にだけは、やたらと情熱的。閉園後の遊園地を稼働させ、夜景バックにプロポーズ、そこから甘々婚前同居にまで持ち込んで——？

彼の常識外の求愛行動に、呆れるやら蕩《とろ》けるやら!?

お伽噺《とぎばなし》よりもドキドキの、求婚ラブストーリー！

※エタニティブックスは大人の女性のための恋愛小説レーベルです。ロゴマークの色で性描写の有無を判断することができます（赤・一定以上の性描写あり、ロゼ・性描写あり、白・性描写なし）。

詳しくは公式サイトにてご確認ください。
http://www.eternity-books.com/

携帯サイトはこちらから！

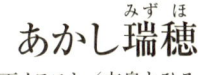

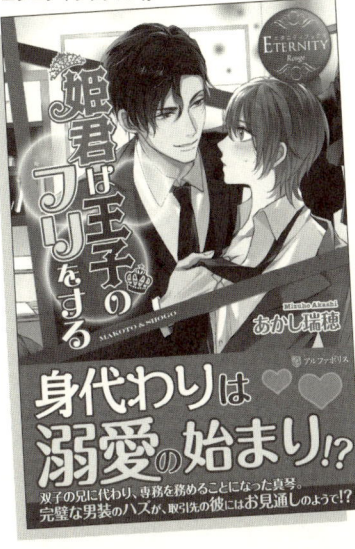

冬野まゆ（とうの まゆ）
関西出身。子供の頃から読書好き。2015 年「秘書見習いの溺愛事情」にて出版デビューに至る。

イラスト：緒笠原くえん
https://twitter.com/qentter?lang=ja

寝《ね》ても覚《さ》めても恋《こい》の罠《わな》!?

冬野まゆ（とうの まゆ）

2017年1月31日初版発行

編集ー河原風花・及川あゆみ・宮田可南子
編集長ー塙綾子
発行者ー梶本雄介
発行所ー株式会社アルファポリス
〒150-6005 東京都渋谷区恵比寿4-20-3 恵比寿ｶﾞｰﾃﾞﾝﾌﾟﾚｲｽﾀﾜｰ5F
TEL 03-6277-1601（営業） 03-6277-1602（編集）
URL http://www.alphapolis.co.jp/
発売元ー株式会社星雲社
〒112-0005東京都文京区水道1-3-30
TEL 03-3868-3275
装丁イラストー緒笠原くえん
装丁デザインーansyyqdesign
印刷ー図書印刷株式会社

価格はカバーに表示されてあります。
落丁乱丁の場合はアルファポリスまでご連絡ください。
送料は小社負担でお取り替えします。

ISBN978-4-434-22923-7 C0093